나인테일

나인테일

1판 1쇄 찍음 2011년 1월 7일
1판 1쇄 펴냄 2011년 1월 10일

지은이 | 그 펠
펴낸이 | 정 필
펴낸곳 | 도서출판 **뿔미디어**

기획 | 이주현, 한성재
편집책임 | 조주영
편집 | 장상수, 이재권, 심재영, 주종숙, 이진선
관리, 영업 | 김미영

본문, 표지 인쇄 | 광문인쇄소
제본 | 성보제책사

출판등록 | 2002년 9월 11일 (제1081-1-132호)
주소 | 부천시 원미구 상3동 533-3 아트프라자 503호 (우)420-861
전화 | (032)651-6513 / 팩스 032)651-6094
E-mail | BBULMEDIA@paran.com
홈페이지 | www.bbulmedia.com

값 8,000원

ISBN 978-89-6359-824-6 04810
ISBN 978-89-6359-823-9 04810 (세트)

목차

프롤로그

[계정의 생성이 완료되었습니다. 캐릭터를 생성하시겠습니까?]

"응."

[캐릭터의 이름을 정해 주십시오.]

여성의 목소리에 성진이 고민할 필요도 없다는 듯 말했다.

"드란."

[캐릭터 이름 드란. 결정되었습니다. 마지막으로 종족을······.]

종족은 추후에 게임에 방대한 영향을 끼칠 거라 말하려던 목소리에 드란이 귀찮다는 듯, 잽싸게 대답했다.

"랜덤, 나는 지금 당장 게임을 하고 싶다고."

[드란 님의 종족은 일미호. 구미호의 일족입니다.]

"뭐……?"

제1장
일미호

파앗!

빛과 함께 드란이 접속했다.

"일미호라고? 그리고 이상해. 보통 접속하면 작은 마을 같은 곳에서 시작한다는데 대체 이곳은 어디야……."

혼자 덩그러니 숲 속에 떨어져 버린 드란은 주변을 살펴보다 황급히 상태창을 열어 보았다.

```
캐릭터 이름:드란     레벨:1(Exp 0.00%)      칭호:없음

종족:일미호    명성:0    악명:0

상태:몬스터    생명력:80/80    요력:200/200

만복도:100%

힘:5   민첩:20   체력:8   지혜:15   지능:20   행운:5
```

보너스 스탯:0

공격력:8~13   방어력:5

마법 저항:무

상태창을 확인하던 드란이 눈을 부릅떴다.

"모, 몬스터 상태라고?"

그렇다면 같은 유저에게 공격을 받는다는 소리가 아닌가?

"이, 인벤토리 오픈!"

일단 상황을 확인하기 위해 가방을 열었으나, 가방에는 아무것도 없이 텅텅 비어 있었다.

보통의 유저들이 시작할 때는 최소한 단검이라는 무기와 밀빵이 지급된다. 하지만 자신은 오직 가죽 셔츠 한 장만 달랑 입고 있었고, 무기도 삐죽 튀어나온 손톱이 다였다.

그리고 어이가 없게도 몸을 살펴보니 여우의 귀와 꼬리가 쫑긋 세워져서는 살랑살랑 움직이고 있는 것이 아닌가?

"으아악! 내가 미쳤지! 종족 선택을 랜덤으로 하다니!"

종족 선택은 무척이나 중요하다. 물론 잘된다면 데스나이트나 웨어울프 같은 막강한 종족이 선택된다. 하지만 그 반대로 고블린이나 코볼트, 혹은 토끼가 되는 경우도 있다. 더구나 그럴 경우 유저들에게 사냥을 당하는 신세가 된다.

드란은 이 어이없는 상황에 머리를 쥐어뜯던 중 하나의 위기가 느껴졌다.

"밀빵이 없는데, 어떻게 만복도를 채워?"

만복도, 일종의 배고픔을 알리는 가상현실 게임의 표시로, 50% 이하가 되면 상태 능력이 30% 감소되고, 10% 이하가 되면 80%나 감소된다. 그리고 0%가 되면…… 뭐, 어떻게 되겠는가? 그대로 아사 상태로 사망하는 것이지.

즉, 밀빵 없는 자신은 그대로 이 숲에 고립된 것이나 마찬가지인 것이다. 가죽 셔츠 한 장 입은 빈털터리로 말이다.

으르릉—

"……."

한편 그렇게 머리를 쥐어짜던 중 뒤에서 이상한 살기를 느낀 드란이 잽싸게 고개를 돌렸다.

크왕—!

"으악, 웬 늑대야!"

같은 몬스터라지만 늑대는 여우를 잡아먹는 동물이다. 아니나 다를까, 늑대가 자신에게로 공격을 가해 오자 위기의식을 느낀 드란이 잽싸게 길게 늘어난 손톱을 휘둘렀다.

캉—

쇳소리를 내며 자신의 손톱과 늑대의 이빨이 맞부딪쳤다.

하지만 늑대는 포기하지 않겠다는 듯, 그대로 몸을 비틀더니 입을 쩍 벌려서는 드란을 그대로 삼키려고 했다.

"절대 안 되지!"

자신에게는 무기가 오직 손톱만이 있는 것이 아니다.

횡—

드란이 잽싸게 점프를 해서는 발에 자란 기다란 발톱으로 자신을 삼키려 드는 늑대의 목을 그대로 그어 버렸다.

깨갱—

목 부분에서 피가 튀긴 늑대가 이내 단말마를 내지르며 회색빛으로 물들었다.

푸욱!

그러던 중 기괴한 일이 일어났다. 드란 자신의 손이 저절로 움직이더니 죽어 가는 늑대의 배에 찔러 넣는 것이 아닌가.

크르륵—

늑대가 다 죽어 가는 자신을 왜 괴롭히느냐는 듯, 드란의 마지막 일격에 입에서 거품을 물고는 그대로 고개를 떨구었다.

'뭐, 뭐하는 거야!'

늑대의 배에서 손을 꺼내며 나오는 물체에 드란이 기겁을 했다. 생피가 그대로 들러붙어 있는 늑대의 간이 아닌가?

드란이 그 모습에 입을 틀어막은 다음, 간을 내던지고 싶었지만 이미 육체는 자신의 통제를 벗어난 듯 늑대의 간을 천천히 입에 가져다 대서는 그대로 꿀꺽 소리와 함께 삼켜 버렸다.

"우웩!"

찝찝한 늑대의 피 맛에 드란이 눈을 뒤집었다. 정말 맹세코 생간을 먹어 본 적은 없는 일이다. 더구나 이런 것에 현실감을 내는 가상현실 게임 리펙터 월드에 욕지거리를 내뱉고 싶은 심정이다.

하지만 그 순간 느껴지는 짜르르한 기분에 드란이 눈을 퍼뜩 떴다.

—띠링! 늑대의 간을 섭취했습니다. 만복도가 증가하며, 생명력과 요력이 회복됩니다. 또한, 스킬의 숙련도가 상승했습니다.

"응? 스킬이라고? 스킬창 오픈!"

초반에 스킬은 지급되지 않는다는 말을 들은 드란은 시간 낭비라는 생각에 스킬창을 열어보지 않았건만, 스킬이 있다니? 더구나 간을 섭취함으로써 만복도가 회복된다는 것을 알게 된 드란은 이제 굶어 죽을 일은 없을 듯했다. 물론, 그 비릿한 내음이 가득한 현실감의 피 맛만 빼면 말이다.

이미호의 길(초급, 패시브)

일미호는 구미호 일족의 시작이나 다름없습니다. 구미호는 옛날 그 힘이 하늘의 뒤엎는다고 하여, 요술에 그 어떤 종족보다 능숙했습니다. 다른 이들의 힘을 취하여 꼬리를 늘려 구미호 일족의 힘을 부활시키십시오.

《〈영력 1/800〉》

간 섭취(초급, 액티브)

구미호는 예로부터 다른 이들의 힘을 취하기 위해 간을 먹어 왔습니다. 간을 섭취할 경우 떨어진 생명력과 요력, 그리고 만복도를 채워 주며, 영력을 얻어 낼 수가 있습니다. 또한 일정 확률로 약간의 시간 동안 간을 섭취당한 자가 지니고 있던 소량의 힘을 얻을 수가 있습니다.

《생명력과 요력 10% 회복, 영력 1 증가. 5%의 확률로 10분 동안 상대방의 특징을 소량 얻어 낼 수 있습니다.(보스 몬스터나 특이 몬스터의 간을 섭취할 경우에는 효과가 더욱 증가합니다.) 요력 소모 없음》

바람의 술(초급, 액티브)

구미호의 일족이라면 태어날 때부터 누구나 사용할 수 있는 기본적인 요술로, 요력에 바람의 힘을 담아 몸속에서 방출시킬 수가 있습니다. 데미지는 그리 강력하지 않지만 적을 멀리 날려 버리는 효과가 있습니다.

《한 개의 꼬리당 50의 데미지와 함께 적을 날려 버립니다. 요력 소모 50》

현신(초급, 액티브)

구미호의 비장의 요술로, 인간의 몸에서 본신의 여우의 몸으로 변화시킵니다. 단, 오미호 이하일 때의 현신 사용 시에는 그 힘이 부족하여 체내에 쌓인 영력의 힘을 사용하며, 1분당 10의 영력을 소모합니다.

〈〈1분당 10의 영력 소모(육미호 이상일 때에는 패널티를 받
지 않음) 공격력 200% 증가, 민첩X2)〉

정말 하나부터 끝까지 사기적인 효과를 지닌 스킬들이다.
무엇보다도 현신이라는 스킬은 공격력이 배로 증가하며, 민
첩 또한 2배로 증가했다.

일미호 때부터 이 정도이니, 진화를 해서 이미호가 되면
얼마나 증가할지 상상도 할 수 없었다. 물론 1분당 10의 영
력 소모가 타격적이긴 하지만 말이다.

"그러니까 생간을 800개 먹으면, 이미호가 된다 이건
가?"

가벼운 설명에 드란이 고개를 끄덕였다.

"미쳤구나, 차라리 게임을 접고 말지."

생간을 800개 먹어서 꼬리를 하나 늘리느니, 캐릭터를
삭제하여서 다시 시작하는 게 올곧은 선택이다.

하지만 막상 생각해 보니, 구미호가 된다면 어떻게 될까?
설명을 보니 자신은 엄청나게 강한 사기성이 짙은 종족이다.

왠지 아깝다. 누구나 꿈꾸는 히든 종족이라는 것에 걸리
니 말이다.

하지만 아무리 생각해도 입속에서 아직까지도 퍼져 오는
질펀한 혈 향이 드란을 미치게 했다.

"아, 이것만 어떻게 바꾸면 좋은데."

가상현실 게임에서 현실감은 그 무엇보다 중요하다. 그러

니 피 맛을 체리 맛이나 토마토 맛으로는 바꿀 수가 없다. 애초에 피가 토마토 즙이 될 리는 없지 않은가?

"아, 몰라 몰라. 될 대로 되라지."

어차피 시작하게 된 게임, 시작하자마자 캐릭터를 삭제했다가는 앞으로 할 일도 안 된다. 더구나 삭제를 할 경우에는 2달 동안 캐릭터 생성을 못하게 된다.

일단 숲을 벗어나려고 마음먹은 드란이 뒤에 귀여운 꼬리 하나를 살랑살랑 흔들며 걸어갔다.

"우웩!"

또다시 저절로 움직이는 손 덕분에 드란은 눈물을 흘리며 생간을 씹었다.

손이 칼에 베여 피가 나오면 좀 아프다는 생각에 빨았던 그 비릿한 피 내음이…… 생간을 씹을 때마다 묵직한 양의 피 맛을 느끼게 해 주자 드란은 피를 토해 내고 싶지만 이미 삼켜 버린 것을 어쩌겠는가? 더구나 이제 대략 40개나 되는 간을 꿀떡 삼켜 버렸으니 이제는 피에도 어느 정도 내성이 생긴 듯, 맛이 약간 향긋하게도 느껴졌다.

"내가 정말로 미쳤나 봐, 피가 향긋하다니!"

드란이 고개를 휘휘 저었다.

"그런데 이 숲은 당최 끝이 안 보이냐."

죽어라고 걸은 지 어느새 2시간이나 흘렀지만, 보이는 것은 온통 나무요, 또 달려드는 것은 온통 늑대들뿐이다. 덕분에 지금까지 40여 마리의 늑대를 잡아서 간을 취하지 않았던가?

드란이 자신의 뾰족한 손톱과 입에 자란 송곳니를 보았다.

신기하게도 약 15번째의 간과 39번째의 간을 섭취했을 때, 늑대의 민첩성과 송곳니의 힘을 얻었다며, 힘과 민첩이 10씩 상승하고 또 물기라는 스킬이 임시적으로 생겨났다. 물론 10분이 지나면 사라질 터였지만 말이다.

그렇게 걷던 드란에게서 순간 평범한 늑대들과는 비교가 안 될 정도로 등골이 오싹해지는 살기가 느껴끼며 재빨리 앞발을 모았다.

"바람의 술!"

드란의 외침과 함께 몸이 풍선처럼 부풀더니 그대로 입에서 바람을 내뿜었다.

크르릉―!

드란의 뜻밖의 일격에 한 마리의 늑대가 피하지 못하고 그대로 적중되어 날아갔다.

"우두머리 늑대?"

바람의 술이 적중되어서인지 늑대의 머리 위에는 빨간색 글씨로 우두머리 늑대라 적혀 있다. 지금까지 잡아 온 회색 늑대와는 애초에 비교가 안 될 정도로 살기를 내뿜고, 크기도 2배 정도 되는 것이 딱 봐도 위협적이다.

크왕—

우두머리 늑대가 포효와 함께 드란을 향해 커다란 아가리를 쩍 벌려서는 드란을 물려고 하였다.

"훗, 웃기는군. 바람의 술!"

드란이 다시금 앞발을 모아 바람을 내뱉자 벌려진 늑대의 입안으로 드란이 내뱉은 바람이 쉴 새 없이 들어가 가득 찼다.

커억— 커억—

폐 속으로 바람이 가득 차자 우두머리 늑대가 고통에 겨운 듯 기침을 하였고, 그와 함께 부풀어진 배가 조금씩 홀쭉해졌으나, 그것을 가만히 볼 드란이 아니다.

"물기!"

임시적으로 생성된 스킬 물기를 사용하자 드란이 본능적으로 뛰어가서는 그대로 늑대의 목덜미를 물었다.

생살을 씹는 느낌과 함께 목으로 들어오는 작은 양의 피, 피 맛에 드란의 눈이 번뜩였고 하나 있는 꼬리는 꼿꼿이 세워졌다.

크르르르—

배에 바람이 전부 빠지게 된 우두머리 늑대가 머리를 마구 흔들며 드란을 떼어 냈다.

그리고는 방금 전까지의 공격에 복수라도 하겠다는 듯 눈을 빛냈다.

하지만 우두머리 늑대의 생명력은 지속적이었던 물기 공

격으로 인해 60% 이상 떨어져 있다. 더구나 상태 이상인 출혈로 인해 계속해서 떨어지고 있다.

시간을 끌어서는 자신이 불리하다! 본능적으로 위기의식을 느낀 우두머리 늑대가 드란을 향해 달려들었지만, 이미 드란은 앞발을 모은 상태였다.

"바람의 술!"

후와악—!

깨갱—

정말로 미칠 지경이다. 이건 뭐, 가까이 올 수도 없게 하지 않는가?

"후훗, 멍멍아. 너는 평생토록 나한테 오지 못할 걸?"

드란이 우두머리 늑대를 도발했다. 현재 남은 요력의 양은 대략 110. 레벨 업으로 인해 200이었던 요력이 250으로 차게 된 영향이었다. 10은 전투 도중 회복되었고 말이다.

앞으로 쓸 수 있는 바람의 술은 총 2번. 자신의 꼬리는 하나인 일미호이니, 데미지는 50. 우두머리 늑대의 대략 8%의 체력을 깎는 바람의 술을 다 적중시킨다 해도 우두머리 늑대는 16%의 생명력이 남게 된다.

드란이 앞발에 기다란 손톱을 내밀었다.

"와라, 멍멍이!"

크왕—

우두머리 늑대의 이빨이 그대로 드란을 향했다.

드란은 재빨리 손톱으로 늑대의 이빨을 X 자로 하여서

막은 다음, 스킬을 사용했다.

"물기!"

아그작!

깨갱―

임시적으로 생겼지만 이제는 2분 정도의 지속 시간이 남은 물기 스킬이 다시금 발동되어서는 우두머리 늑대의 목 부분을 깨물자 늑대가 몸을 버둥거리며 발광을 해 댔다.

하긴, 목에 구멍이 여러 개 생길 일이니 안 아프고 배기겠는가?

크와앙―

우두머리 늑대도 지지 않겠다는 듯 앞발로 드란의 앞발을 쳐 내고는 자신 역시 물기를 사용해서 드란의 목을 깨물었다.

"끄, 끄아아악!"

맹세코 이런 고통은 처음 느껴 본다. 목 부분에서 느껴지는 이질적인 이빨의 공격.

'네가 이런 것을 느꼈었구나.'

왠지 모르게 우두머리 늑대에게 미안해진다. 이런 고통을 두 번이나 느끼게 해 줬으니 말이다.

하지만 적은 적! 더구나 자신의 목을 공격하는 적 역시 바로 우두머리 늑대이다.

드란은 물고 있던 이빨을 빼낸 후, 재빨리 앞발을 모았다.

"바람의 술!"

푸하아악―

바람이 바로 앞에서 내질러지자 드란도 타격을 받은 듯 뒤로 날아갔다. 드란도 그 정도이니 정면으로 받아 낸 우두머리 늑대는 어떻겠는가?

깨개갱—

우두머리 늑대가 드란에게 향한 물기 스킬이 그대로 풀려져서는 뒤에 나무로 날아가서는 그대로 처박혔다.

"아직도 안 죽었나, 참 끈질기네."

생명력이 2% 정도 남은 우두머리 늑대를 징글징글하다는 표정으로 바라본 드란이 마지막 일격을 날렸다.

"바람의 술!"

어찌나 강한지, 바람에 의해 나무가 꺾이더니 우두머리 늑대가 그대로 공중부양을 해서는 바닥에 처박혔다.

이윽고 회색빛으로 물들어 버린 우두머리 늑대, 그에 드란이 눈을 희번덕였다.

"간 섭취!"

푸욱!

자동적으로 길게 자라난 손톱이 그대로 우두머리 늑대의 배를 뚫었다. 그리고 나온 생간을 드란은 꿀꺽이는 소리와 함께 먹어치웠다.

—띠링! 보스 몬스터 '우두머리 늑대'의 간을 섭취하였습니다. 영력 +100. 영구적으로 민첩성 +5.

영력은 100이나 증가했고 또 스탯 중에서 민첩성이 영구적으로 5 증가했다. 보통 몬스터의 100배에 달하는 영력 증가라니! 정말로 보스 몬스터의 이름값 한다.

"후우, 상태창 오픈!"

```
캐릭터 이름:드란     레벨:9(Exp 29.21%)     칭호:없음

종족:일미호     명상:0     악명:0

상태:몬스터

생명력:160/160     요력:300/300

만복도:100%

힘:5     민첩:40     체력:8     지혜:20     지능:30     행운:5

보너스 스탯:0

공격력:12~23     방어력:13

마법 저항:무
```

보스 몬스터를 잡아서인지 7이었던 레벨이 2레벨 상승해서는 단숨에 9레벨에 도달했다. 더구나 이제는 이미호의 길의 영력도 140까지 채웠다. 이제 660만 채우면 이미호가 되며 꼬리가 하나 더 늘어난다.

드란이 헬쭉 미소를 짓다가 고개를 돌렸다.

"사냥의 행복! 아이템 수거!"

간 섭취도 간 섭취지만 사냥의 핵심은 아이템 획득!

회색 늑대가 죽고 남기는 것은 단지 20쿠퍼 정도이지만

보스 몬스터이니 뭔가 떨어뜨릴 뉘앙스가 팍팍 풍긴다.

아니나 다를까, 안개처럼 사라진 우두머리 늑대가 있던 곳에는 번쩍이는 금빛의 동전인 골드가 한 개 떨어져 있었고, 아이템 역시 한 개가 떨어져 있었다.

"아이템 확인."

잽싸게 뛰어가서는 아이템을 집어 든 드란이 짧게 읊조리자 프로필형의 아이템 정보창이 떠올랐다.

> ### 우두머리 늑대의 송곳니(노말 S)
>
> 보스 몬스터 우두머리 늑대의 송곳니로 만든 검으로서, 무척이나 예리하다. 단, 늑대의 송곳니로 제작해서인지 검이 일정하지 않고 좀 꺾여져 있다.
>
> 내구력:45/45　　공격력:13~18
>
> 사용 제한:민첩 30 이상
>
> 옵션:공격 속도 10%

첫 득템이었지만 그렇게 환호성을 외칠 정도로 좋지는 않았다. 하지만 이것만 해도 어디인가?

"드디어 손톱으로 안 싸워도 되는구나!"

드란이 기다란 손톱을 집어넣고 무기를 쥐며 희희낙락했다.

▼

그 이후, 드란은 3시간이라는 시간이 더 걸리고서야 지긋지긋한 숲을 벗어날 수가 있었다.

그 덕에 오른 현재 드란의 영력은 320! 우두머리 늑대한 마리 더 와서 회색 늑대 80마리를 더 잡아서 얻어 낸 양이다. 더구나 우두머리 늑대의 간을 섭취하자 다시금 영구적으로 상승한 민첩성 +5, 스탯 5는 1레벨 업당 올릴 수있는 스탯이긴 하지만 초반임을 생각하면 엄청난 차이를 낼수 있는 스탯이었다.

더구나 대량의 사냥 덕에 레벨도 9에서 13까지 올릴 수있지 않았던가?

또, 그동안 얻은 잡템들과 보스 몬스터, 우두머리 늑대를잡아서 나온 우두머리 늑대의 송곳니도 2개나 된다. 현재가진 돈도 약 3골드.

그리고 13레벨로 오르면서 20의 포인트를 전부 민첩에투자했기에 현재 드란의 민첩 수치는 무려 65이다. 13레벨인 것치고는 정말로 사기라는 말밖에 나오지 않는 수치인것이다.

"엇, 마을이다!"

그렇게 걷던 중 드란의 눈에 마을 하나가 보였다.

다급히 뛰어가서 살펴보았지만, 아쉽게도 사람 하나 없는폐허나 다름없는 마을의 모습에 한숨을 내쉬었다. 하지만내심 잘되었다고도 생각했다.

자신의 상태는 현재 몬스터. 즉, 이곳이 사람 사는 마을이었다고 해도 몬스터가 나타났다며 사냥당해야 하는 운명인 것이 바로 자신인 것이다.

하지만 비운의 주인공인 드란답게, 운이 좋을 터가 없었다.

"우워어—"

"젠장."

드란이 욕지거리를 내뱉었다. 아니 무슨 장난하는 것도 아니고, 마을에 사람이 없다고 즐거워했더니 어디선가 언데드들의 대표 몬스터인 좀비가 튀어나온다는 말이냐? 더구나 언데드는 애초에 간이 없다. 또 있더라도 부식되어서 삼킬 수도 없다.

그러니 언데드는 일미호인 자신에게는 정말로 싸울 힘이 나지 않게 하는 몬스터이다.

그러니 생각나는 것은 단 하나.

"튀자."

필요 없는 전투는 애초에 할 필요가 없다. 그러니 삼십육 계 줄행랑이 최고다.

"우워?"

미친 듯이 네 발로 뛰어가며, 하나의 꼬리를 살랑살랑 흔드는 드란의 모습을 좀비는 어이가 없다는 듯 고개를 갸웃할 뿐이었다.

▾

어느 정도 뛰었을까? 다행히 좀비에게서는 벗어난 듯, 마을은 저 멀리 자신의 엄지손가락만 할 정도로 작아져 있었다.

"그런데 왜 내가 네 발로 뛰었지?"

드란으로서는 사실 게임 접속 후, 처음 뛴 것이나 마찬가지이다. 그런데 이상하다. 막상 뛰려고 마음을 먹고 나니 앞발이 그대로 땅에 내려지며 익숙하게 네 발로 뛰어졌다. 물론그 덕에 엄청난 속도로 달아날 수 있었던 것이지만 말이다.

어찌 됐든 도망쳤으니 만사 오케이 아닌가?

가볍게 생각을 벗어 버린 드란이 주변을 둘러보자 다행스럽게도 이번에는 언데드형의 간이 없는 몬스터가 아닌, 초록빛깔의 피부를 지닌 판타지 세계의 대표 몬스터 오크였다.

"지랄 맞는군."

늑대의 간은 어느 정도 먹을 수 있었다. 그런데 오크의간이라……. 초록빛의 피가 덕지덕지 붙어 있는 생간을 생각하니 벌써부터 뭔가가 올라온다.

하지만 어쩌겠는가? 주변은 온통 황무지이고 몬스터라고는 오크뿐, 더구나 뒤로 가자니 그곳은 언데드 천국이다.

그렇다고 늑대 떼들이 나오는, 또 다시 언제 나올지 모르는 숲 속으로 들어갈 마음은 더욱이 없다.

"내 인생이라고 생각하자."

가볍게 생각을 넘긴 드란이 그대로 달려가서는 우두머리 늑대의 송곳니를 쌍검인양 양손으로 쥔 채 오크에게 휘둘렀다.

스악—

가히 전광석화라 부를 정도의 손놀림! 65나 되는 민첩의
효과와 함께 중첩된 우두머리 늑대의 송곳니 효과는 공격
속도 10%가 2개 붙여져 20%가 된 상승효과 덕이다.

"감히 용맹스런 우리 오크를 건드리다니. 목숨을 잃고 싶
은가 보구나, 인간이여. 취익."

"뭔 말이 그렇게 길어!"

스악―

답답하게 말만 해 대는 오크에게 욕지거리를 내뱉으며 드
란이 다시 한 번 공격을 가하자 오크가 화가 난 듯 구부러진
글레이브를 꺼내며 발광을 떨어 댔다.

"죽어라, 인간!"

제법 힘이 실린 오크의 글레이브였지만 장난하는가?

드란의 민첩성은 65이다. 비록 힘이 5밖에 되지 않지만
한 번 더 공격하면 되는 것이다.

드란이 재빨리 오크의 글레이브를 피한 다음, 쌍검을 역
으로 쥐어서 그대로 오크의 발에 찍어 넣었다.

"크아아악!"

아무리 용맹한 오크라도, 발이 꿰뚫려서 땅에 박히니 고
통에 겨운 비명을 지르는 건 어쩔 수 없는 일인가 보다.

깊숙이 박힌 검으로 인해 움직임이 봉쇄된 오크를 향해
드란이 비릿하게 미소 지었다.

"어디 어떻게 되나 볼까. 바람의 술!"

드란이 앞발을 모으며 배를 팽창시킨 후, 거세한 바람을

내뱉자 움직임이 봉쇄되어 버린 오크가 넘어지지도 못하고 날아가지도 못한 채, 그대로 바람을 전통으로 가격되었다.

"끄르르륵, 살려 달라 인간."

"닥쳐, 마무리다. 바람의 술!"

드란이 마지막으로 오크의 입을 벌려서는 그대로 바람을 폐 속으로 집어넣자 오크의 몸이 풍선처럼 부풀어 오르더니 그대로 눈을 까뒤집었다.

"간 섭취."

풍선처럼 부풀어 오른 채, 회색빛으로 물든 오크의 배로 드란이 손톱을 날카롭게 해서 간을 빼내자 구멍 난 배로 바람이 뿜어져 나왔다.

으적으적.

"아, 더럽게 맛없네."

초록빛의 피가 덕지덕지 붙은 오크의 간을 씹어 삼키며 드란이 눈물을 짜냈다. 진짜 이런 것까지 현실감 있게 표현한 리펙터 월드가 정말로 미워지는 드란이다.

하지만 어쩌겠는가? 강해지려면 간을 섭취해야 한다. 안 먹으면 강해지지 못한다.

"어라, 이건 뭐지?"

운이 좋았는지 5%의 확률로 발동되는 상대의 힘을, 소량 일정 시간 쓸 수 있는 효과가 처음부터 적용되었고, 드란은 임시적으로 증가한 스탯과 생겨난 스킬을 확인해 보았다.

> **베쉬(초급(임시적), 액티브)**
>
> 용맹한 오크 같은 전사들이 자주 쓰는 스킬로서 글레이브 같은 날이 있는 무기로 상대방을 강하게 내리치거나 그어서 막대한 타격을 입힌다.
>
> 《힘X5에 비례한 데미지를 입힌다. 요력 소모 없음》

베쉬라는 임시적 스킬이 생겨났고 힘 또한 임시적으로 20이나 상승했다. 하지만 둔한 오크다운지 민첩이 —10의 패널티를 입었다. 역시나 아무리 사기적인 스킬인 간 섭취라고 해도 패널티가 없지 않을 수는 없었나 보다.

"그렇다면 현재 힘은 25인 건가?"

25X5는 125이다. 50의 위력을 지닌 바람의 술의 2배 이상의 데미지, 더구나 임시적으로 생겨난 스킬들은 요력의 소모가 없다.

싱긋.

드란이 사악하게 입꼬리를 올렸다.

요력의 소모가 없다. 또한 자신은 쌍검이다. 그렇다면……

"대량 학살인 것이지."

드란은 이후 임시적으로 적용된 효과를 10분 동안 최대한 활용하며 오크들을 학살해 나갔다.

▽

마지막으로 남은 오크가 꿋꿋이 버티다가 결국에는 드란의 검 놀림에는 어쩔 수 없다는 듯 단말마를 내지르며 회색빛으로 물들었다.

　"지긋지긋한 오크들."

　플레이하는 유저들이 어째서 오크를 보며 끈질기다고 하는지 드란은 알 수 있었다. 팔이 잘려 나가도 달려드는 오크들. 더구나 가끔씩 보여 오는 오크 전사들은 갑옷까지 챙겨 입은 오크였는데, 그 끈질김이 결코 예사롭지 않았다. 목이 잘려 나가는 순간에도 드란을 살기 어린 눈으로 째려봤으니 말이다.

　어찌 됐든 수없이 많은 오크를 베었기에 꽤나 많은 양의 레벨 업을 할 수 있게 된 드란이다.

```
캐릭터 이름:드란    레벨:17(Exp 7.89%)    칭호:없음
종족:일미호   명성:0   악명:0
상태:몬스터
생명력:300/300   요력:350/350
만복도:100%
힘:15  민첩:65   체력:18   지혜:20   지능:30   행운:5
보너스 스탯:0
공격력:30~47   방어력:21
마법 저항:무
```

일단 레벨 업으로 인해 얻게 된 보너스 스탯은 체력과 힘이 골고루 분배해 넣었다. 오크들과의 전투로서 힘이 얼마나 전투에 작용을 준다는 것과 또 금방금방 주는 생명력 때문에 안 올리려 마음먹었던 체력도 올릴 수밖에 없었다.

하지만 역시 아무리 보아도 눈에 띄는 것은 민첩이다. 하긴, 65나 되니 눈에 띄지 않는다면 눈이 장님이거나, 게임을 안 해 본 사람일 뿐이다.

"후우, 어찌 됐든…… 하긴 해야겠지. 간 섭취!"

드란의 주변으로는 세 마리의 오크들이 널브러져 있었다. 눈에 띄게 증가한 실전력과 능력치로 인해 이제는 세 마리의 오크까지 동시 상대가 가능했던 것이다.

드란은 오크들에게서 나온 전리품을 인벤토리에 집어넣은 다음, 눈을 꽉 감고 간 섭취를 사용했다.

자동적으로 드란의 손이 움직이며 많이 해 본 듯한 솜씨로 오크의 생간을 가볍게 뽑아냈다.

으적으적—

참으로 거북한 소리가 아닐 수 없다. 으적으적이라니, 그것도 싱싱한 생간을 씹다니. 정말로 눈물이 날 지경이다.

'아아, 이 비참한 인생이여.'

이상하게 점점 간을 먹을 때마다 왠지 맛이 좋아지는 거 같다. 혹시 이래서 육회나 생고기를 좋아하는 사람이 탄생된 게 아닐까?

꿀꺽.

드란이 다 씹은 생간을 꿀떡 삼키며 배를 문질렀다.

"이러다 식중독 걸리는 건 아닐지…… 후우, 간 섭취!"

날것을 계속 먹으니 왠지 불안하다. 현실감 100%의 리얼리티 가상현실 게임 리펙터 월드라면 그럴 것도 같다. 배탈이라는 상태 이상을 말이다.

드란은 그 자리에서 간 섭취 스킬을 총 세 번 사용해서 영력을 3 증가시키고, 떨어진 생명력과 요력, 그리고 만복도를 회복시켰다.

운이 없는 것인지 이번에는 베쉬 스킬을 습득할 수 없었다.

하긴 5%의 확률이 세 번이니, 총 15%의 확률, 무척이나 저조한 확률인 것이다.

그렇게 드란이 자리를 일어나려고 하는데 어디선가 앞에서 우레와 같은 포효가 울려 퍼졌다.

크워어엉—!

쿵쿵.

진짜로 불안하다. 저런 소리를 낼 수 있는 몬스터들이 얼마나 될까? 드란은 한순간 눈치챘다.

'보스 몬스터다.'

회색 늑대의 보스 몬스터였던 우두머리 늑대도 무척이나 강했다. 그렇다면 과연 회색 늑대보다도 상위 몬스터인 오크들의 보스 몬스터는 어떠하겠는가?

'도망쳐야 하나?'

아무리 세 마리의 오크를 때려잡을 수 있다지만 왠지 무리일 듯하다.

그렇게 생각하고는 잽싸게 달아나려는데 무언가가 드란을 향해 날아왔다.

"우왓!"

콰직—

날아온 물체는 바로 무척이나 거대한 도끼였다.

정말로 저걸 사람이 쓸 수 있기는 하는 걸까란 생각이 들 정도로 거대한 도끼였다. 하지만 다행이랄까? 드란은 65에 달하는 민첩으로 가뿐히 피할 수가 있었다.

하지만 둔한 오크로서는 무리인 일이다.

"커, 커억!"

운 없게도 드란의 앞에 있던 오크 한 마리가 거대한 도끼에 몸이 찍힌 채로 처참히 죽어 있었다. 얼마나 강한 위력이었으면 오크가 채 비명도 지르지 못하고 절명해 버린 것일까?

꿀꺽.

도망쳐야 한다. 드란에게 있는 본능이 그렇게 말했다. 하지만 어찌 된 일인지 몸이 움직이지 않았다. 저 거대한 도끼 때문인 것일까? 아니다. 상태창을 확인해 보니 이상한 상태에 걸려 있는 것을 확인할 수 있었다.

드란이 황급히 상태의 설명을 읽어 내렸다.

"크워어엉—! 인간, 용맹스러운 우리 오크들을 농락하다니. 죽여 버리겠다!"

상태를 확인하는 동안 어느새 쫓아왔는지, 위에 오크 로드라고 적혀져 있는 멋들어진 갑옷을 입은 오크가 눈에 띄었다.

일단 오크 로드의 생김새는 오크다. 오크가 거기서 거기지, 뭐 달리 어떻게 설명하겠나?

가볍게 설명하자면 오크 로드는 다른 평범한 오크 두 마리를 합친 듯한 키와 함께 근육도 갑옷을 터트릴 듯 빵빵했다.

근육질의 오크 로드가 주변을 두리번거리다가 소리쳤다.

"네 이놈! 감히 우리의 동족을 살해하다니, 결코 용서치 않는다!"

오크 로드가 아까 거대한 도끼에 의해 즉사해 버린 오크의 몸에서 도끼를 빼 들었다.

"감히 내 무기를 이용해서 동족을 죽였겠다? 이 원한은 결코 용서치 못한다. 씹어 먹어 주마, 인간!"

어이 그 녀석은 네가 죽인 거거든? 상식적으로 생각해

봐, 딱 보기에도 무게가 장난이 아닌 그것을, 힘이 15밖에 안 되는 내가 들 수 있을 리가 없잖아.

하지만 오크 로드는 결코 그렇게 생각하지 않는 듯 드란에게로 돌진해 왔다.

역시 오크는 오크다. 괜히 돼지 머리겠는가?

드란이 돌진해 오는 오크 로드를 향해 앞발을 모았다.

"바람의 술."

드란의 몸이 풍선처럼 팽창되며 금방이라도 터질 듯해 보였다.

"크큭! 자멸하겠다는 것이냐? 하지만 나 오크 로드 카르취는 절대로 그 꼴을 보지 못한다. 베쉬!"

어느새 드란의 앞까지 온 녀석이 도끼를 치켜들어서는 흉흉한 기세로 내려찍으려했다. 그 모습이 흡사 장작을 패는 나무꾼이다.

"닥치고 이거나 먹어라!"

푸화아악—

드란의 입에서 팽창되어 퍼져 나가는 바람의 술이 그대로 오크 로드의 몸을 적중시켰다. 그리고 발동되는 바람의 술의 특수 효과!

"크어억!"

오크 로드 카르취가 입고 있는 옷은 딱 보기에도 묵직해 보이는 갑옷이다. 그 덕분인지 멀리 날아가지는 못했지만 고꾸라지는 것은 어쩔 수가 없다.

콰당—

카르취의 몸이 볼품없게 고꾸라졌다. 오만상을 찌푸리는 것으로 보아 그 충격이 가히 엄청나 보였다. 하긴, 그 딱 보기에도 답답해 보이는 갑옷이 되려 연쇄 작용이 일어나 강력한 충격파를 주었으니 당연한 일이다.

"이놈!"

"뭐?"

호통 치는 카르취에게 올라탄 드란이 우두머리 늑대의 송곳니를 양손에 쥔 채 미친 듯이 찍어 댔다.

챙— 챙—

대부분이 갑옷에 막혀 왔지만 이곳만은 어쩔 수 없을 것이다.

푸욱! 팍—

음…… 잔인하지만 설명은 하겠다. 카르취 같은 오크들은 대부분이, 아니 전부가 돼지 머리를 가지고 있다. 즉, 자신들에게 맞는 투구가 없다는 셈. 머리부터 발끝까지가 아닌 어깨부터 발끝까지 갑옷을 둘러 입은 카르취지만 차마 머리 부분만은 감싸지 못했다.

그렇다면 드란이 어디를 노리겠는가?

"끄아아악!"

카르취가 두 눈을 감싸며 미친 듯이 대굴대굴 굴러 댔다. 덕분에 매달려 있는 드란이 튕겨 날아갔지만, 갑옷을 튼튼히 입은 카르취는 구를 때마다 갑옷의 패널티로 상당한 데미지가 입혀 왔다.

"이거 좀 미안한데."

드란이 초록색 피가 잔뜩 묻은 우두머리 늑대의 송곳니 두 쌍을 흔들어서 피를 튀겨 냈다.

"크아아아— 너 이 자식! 절대로 용서치 못한다!"

드란의 공격으로 인해 한순간 장님이 되어 버린 카르취가 발광을 해 대며 난리치는 동안, 드란은 멀찍이 떨어져서는 그 광경을 구경하고 있었다.

"왜, 왜 그러십니까? 카르취 님. 으악!"

"대, 대장이 미쳤다 취익!"

어느 순간 리젠된 오크들이 미쳐 날뛰는 카르취를 진정시키려 하였으나 두 눈을 잃은 카르취는 진정은커녕 되려 더 날뛰며 리젠된 오크들을 피 떡으로 만들었다.

덕분에 신난 것은 드란이다.

"아싸, 공짜 경험치. 공짜 아이템. 공짜 생간~"

회색빛으로 물든 채 피 떡이 되어 있는 오크들의 배에 손을 박아 넣어 꺼낸 생간을 삼키며 드란이 으적으적 댔다. 카르취 덕에 공짜로 오크들의 경험치를 얻은 것이다.

이것이 바로 꿩 먹고 알 먹고가 아니겠는가?

하지만 다음으로 리젠된 오크들은 카르취에게 그냥 당하지 않았다.

"미친 대장, 우리가 진압하겠다. 취익."

"우워어어어—!"

대량으로 오크들이 덤벼들자 보스 몬스터인 카르취도 어쩔 수가 없다는 듯 밀리기 시작했다.

"그럼 안 되지. 내가 어떻게 상처 입힌 보스 몬스터인데."

드란이 재빨리 나서서는 카르취에게 대항하는 오크들을 처리해 냈다. 그리고 데미지를 입을 때면 여지없이 회색빛으로 물든 오크의 배에 손을 쑤셔 넣어 생간을 뽑아 먹었다.

주변의 모든 오크들이 사망하자 드란이 카르취를 쳐다보았다.

"헉, 헉. 취익."

다행이랄까? 녀석은 드란이 자신을 공격을 안 해 오자 인식을 하지 못한 것이다. 더구나 두 눈을 잃고 몰려드는 오크들로 인해 데미지도 심하게 누적되어 있는 상태.

드란이 몰래몰래 카르취의 앞에 가서는 앞발을 모았다.

"바람의 술!"

지난번 우연히 얻게 된 우두머리 늑대와 이후 실험으로도 획기적인 바람의 술.

그것을 카르취의 입에 대고 내불자 근육으로 빵빵했던 카르취의 몸이 더욱이 빵빵해지기 시작했다.

"커르르륵— 무, 무슨 짓을!"

카르취의 몸이 흡사 풍선처럼 팽창되었음에도 불구하고 드란은 바람의 술을 멈추지 않았다. 아니, 되려 다시 한 번 앞발을 모았다.

"바람의 술!"

"아, 안 돼. 더 이상은! 커르르르륵—"

다시금 사용된 바람의 술로 인해 카르취의 몸이 금방이라도 터질듯이 부풀어 오르더니 이내 카르취의 눈이 까뒤집혀졌다. 폐 속에 가득 찬 바람으로 인해 숨을 쉴 수가 없어서 나오는 증세이다.

"그럼 어디, 마무리다. 간 섭취!"

드란의 손에서 길쭉한 손톱이 삐죽 튀어나와서는 그대로 카르취의 배를 꿰뚫었다. 그리고 나오는 일반적인 오크들보다도 더욱더 커다란 생간. 그것을 바라보는 드란은 정말 미칠 지경이다.

"이걸 먹으라고?"

정말 미친 짓이다. 자신의 손만 하던 일반적인 오크들의 생간들과는 다르게 카르취의 간은 드란의 얼굴만 했다. 더구나 군데군데 붙은 초록빛 피를 보자니 당최 식욕이 돌지 않는다.

'메론이라고 생각하는 거야.'

드란이 자기최면을 걸었다.

아무리 그래도 보스 몬스터의 간이다. 어떤 효과가 적용될지 기대 또한 된다. 그리고 계속해서 자기최면을 걸자 진짜로 생간이 멜론처럼 보이는 것이 아니겠는가?

'그래, 이건 멜론이야. 달콤하고 상큼한 멜론.'

드란의 입이 벌려졌다. 그리고 그곳으로 무지막지한 크기의 간이 안으로 들어갔다. 조금씩 씹어 먹어도 되겠지만서도 간 섭취는 한 방에 끝내야 한다는 듯 들어오는 커다란 카르취의 간으로 인해 삼키기보다는 먼저 입이 찢어질 판이다.

"에, 엔자.(젠, 젠장.)"

입에 가득 찬 카르취의 간으로 인해 드란은 입 아니, 이빨 하나 까딱할 수가 없다. 이건 뭐 그대로 삼킬 수도 없는 노릇이다. 딱 보기에도 엄청난 크기, 그것이 입에 들어 있는 것도 용한데 목으로 넘어갔다가는 그대로 목뼈를 부수고 들어갈 판이다.

결국 드란은 비장의 선택을 했다.

'일단은 뱉자!'

―간 섭취 중에는 간을 빼낼 수 없습니다.

"……."

그래 아주 죽여라 죽여.

그 말을 진짜로 들어주려는지 조금씩 생명력이 줄어들기 시작했다.

"히잠자!(시밤바!)"

드란이 욕지거리를 내뱉으며 안간힘을 다해 이빨을 움직였다.

으적―

인간 승리! 역시 사람이 죽을힘을 다한다면 못하는 일이 없다더니. 끝내 카르취 생간의 섭취를 겨우 성공시킬 수 있었다.

으적으적—

하지만 크기가 크기이다 보니, 드란은 꽤나 오랫동안 카르취의 생간을 씹었고, 5분이라는 시간이 지나자 간신히 삼킬 수가 있었다.

—띠링! 보스 몬스터 '오크 로드 카르취'의 간을 섭취하였습니다. 영력 +200. 영구적으로 힘 +15, 민첩성 —5.

특이하게 이번에는 패널티로 민첩성이 5나 줄어들었다. 역시 둔하기로 유명한 오크다.

더구나 무엇보다도 드란의 눈에 띄는 것이 있었으니, 바로 영력 200 증가!

이 말은 즉, 평범한 일반 몬스터 200마리의 간을 씹는 일을 단 하나의 간을 씹어 해결한 것이다. 정말로 덩실덩실 춤을 추고 싶은 심정이다.

게다가 앞으로 힘 역시 올릴 예정이었으니, 민첩이 5 줄어들었다고 쳐도 힘이 15나 증가했다. 실질적으로는 10의 보너스 스탯을 한순간 얻어낸 것이다.

드란이 카르취의 간을 고생고생하며, 삼키는 동안 카르취의 시체는 어느덧 사라져서 3골드라는 돈과 함께 묵직한 갑옷이 떨어져 있었다.

드란은 잽싸게 3골드를 챙겨 넣은 다음, 묵직한 갑옷을 들어 올렸다. 정말로 엄청난 무게를 자랑하는 것이 과연 가방에 들어갈지가 의문이다.

"아이템 확인."

> **카르취의 갑옷(마법 D)**
>
> 보스 몬스터 오크 로드 카르취가 즐겨 입는 갑옷으로, 무척이나 단단하다. 재질은 알 수 없으며, 웬만한 힘을 지닌 자가 아닌 이상은 입지도 못할 뿐더러, 그 무게가 엄청나서 여러 가지 패널티가 크다.
>
> 내구력:110/110   방어력:40
>
> 사용 제한:힘 80 이상
>
> 옵션:이동속도 ─20%, 민첩 ─10
>
> 전사 계열일 경우 패널티는 무효화된다.

제2장

언데드 마을 슈렌

삐잇, 푸쉬익—

간단하게 설치되어 있는 구식형 게임 캡슐 안에서 딱히 미남이라고 말할 수는 없지만 추남이라고도 할 수 없는 평범한 외모의 남자가 나왔다.

"으음…… 구미호라."

캡슐 안에서 나온 남자가 조용히 읊조렸다.

남자는 바로 리펙터 월드에서 종족 선택을 랜덤으로 하는 바람에 어이없이 일미호라는 종족을 얻게 되고, 영구적으로 몬스터 상태가 되어 버린 드란이었다.

가상현실이 아닌 실제 현실에서 드란의 이름은 유성진. 평범하고도 평범한 이름을 가진 그에게는 좌우명이 하나 있다.

평범하게 살자!

너무도 간단하고도 간단한 목표면서도 일반적인 목표이
다.

그런데 게임 시작부터 전혀 평범치 않다. 3레벨의 회색
늑대를 1레벨 때 때려잡지를 않나, 그리고 죽인 몬스터의
생간을 입에 처넣고는 아무렇지 않게 씹어 대지를 않나.

전혀 평범치 않은 시작이다.

"에혀, 몰라. 학교에 가서 알아보자."

그의 나이 18살. 고등학교 2학년의 나이로 현실 세상에
서는 그 누구보다도 평범하게 살아간다.

성진은 집에 차려진 밥상에 재빨리 먹고는 새벽에 일어나
서 자신의 밥을 챙겨 주시고 도시락을 싸 주신 어머니께 감
사의 표시로, 피곤에 찌들어 주무시는 어머니의 볼에 뽀뽀
세례를 퍼부어 주고는 당당히 학교를 향해 나아갔다.

"여어, 성진!"

"어, 기택아!"

그런 성진을 맞이하는 친구, 김기택. 바로 성진의 단짝
친구이자 가상현실 게임 리펙터 월드를 소개시켜 준 친구
이다.

"크큭, 그래. 종족은 휴먼으로 했겠지?"

"아니."

"응? 그럼 엘프?"

"아니."

계속되는 말에 기택의 얼굴이 새파래졌다.

"그럼 설마 드워프냐? 평범한 삶을 원하는 네가 설마 땅딸보가 된 것이냐?!"

"아니야."

가볍게 대꾸한 성진의 모습에 기택은 여전히 고민을 하고 있는 중이다. 아마 성진이가 선택한 종족을 찾아내고 있는 듯했다.

"수인족이냐? 아니면 어인족? 설마 새대가리 조인족은 아니겠지?"

"아니라니까. 제발 그만 물어봐 줄래?"

마지막 질문에도 아니라고 말하자 기택이 얼굴이 다시금 새파래졌다.

"설마 랜덤을 한 건 아니겠지?"

"……"

"맞구나, 네가 진정 미친 것이냐?!"

기택이 심하게 난리 블루스를 추며 성진의 머리를 가격했다.

말로 듣자 하니, 대부분의 랜덤 종족을 선택한 유저들이 고블린이나 코볼트 같은 심각한 종족에 선택된다고 한다. 그나마 운 좋은 20% 정도가 쓸 만한 종족이 결정된다나 뭐라나?

"불쌍한 내 친구야, 그럼 대체 종족이 무엇이냐?"

"별것 아니고, 일미호라는 종족이야."

"……."

나의 말에 한동안 말이 없던 기택이 기침을 두어 번 하더니 말을 이었다.

"뭐냐, 그 딱 듣기만 해도 엄청난 위압감이 느껴지는 이름의 종족은? 일미호라고? 그럼 후에 구미호라도 되는 거냐? 푸하핫!"

"응."

"……."

너무나도 간단히 대답한 성진에게로 기택이 착 소리 나게 들러붙었다.

"친구, 친하게 지내자."

능청스러운 기택의 말과 함께 느껴지는 눈빛에 성진이 방긋 웃었다.

"그래, 친하게 지내자."

"헤헷."

성진의 말에 천진난만하게 웃는 기택을 보며 성진은 하나의 결심을 했다.

'친하게 지내는 친구에게 피가 덕지덕지 붙은 생간을 먹여 주는 거야.'

참으로 친한 친구에게 잘하는 짓이다.

학교를 마친 성진은 잽싸게 집으로 돌아가서는 옷가지를 아무 데나 집어 던진 채 캡슐 안으로 들어갔다.

파앗!

빛과 함께 오크들의 황무지로 드란이 접속되었다.

"인간이다. 취익."

"죽인다! 취익."

황무지에 어느새 리젠되었는지 네 마리의 오크들이 단번에 드란에게로 달려들었다.

그 모습에 드란이 코웃음을 치며 앞발을 모았다.

"웃기는군. 바람의 술!"

푸화아악—

드란의 입에서 뿜어지는 거센 바람에 네 마리의 오크 중 세 마리가 그대로 날아가 버렸다.

"이놈! 죽어라!"

운 좋게 안 날아간 오크가 드란에게 달려들었지만 그것은 운 좋은 일이 아니라 운이 없는 것이었다.

푸욱!

어느새 기다랗게 자라난 손톱으로 가볍게 오크의 배를 꿰뚫은 드란이 그대로 간을 뽑아 들었다.

"커, 커륵."

간을 뽑힌 오크가 그대로 허물어지면서 회색빛이 되었다. 간을 뽑으면서 심장을 살짝 건드려 주어서 일어난 효과다.

으적으적—

가볍게 오크의 간을 입속에 넣고 씹으면서 드란이 앞발을 모았다.

"바람의 술! 업그레이드!"

푸화아악—

바람이 뿜어지며, 입안에서 씹히던 간의 찌꺼기가 드문드문 섞여서는 오크들의 몸에 찰싹찰싹 붙으며 데미지를 입혔다.

"으악, 더럽다. 취익."

이봐, 그건 너희들 간이라고, 더구나 살아 있는 인간을 그대로 씹어 먹는 녀석들이 간을 보고 더럽다니······.

어찌 됐든 드란은 재빨리 양 허리에 꽂혀져 있는 우두머리 늑대의 송곳니를 꺼내 들었다.

"받아라!"

드란은 송곳니를 역으로 쥐고는 자신에게 달려드는 오크들에게 각자 한 개씩을 찍어 주었다.

푸욱!

섬뜩한 소리가 들려오고 두 마리의 오크의 머리가 그대로 송곳니에 짓이겨지며, 형체를 알아볼 수가 없게 되었다.

"이놈! 복수를! 취익."

복수를 운운하면서, 실질적으로는 배가 고파 침을 흘리며 달려오는 마지막 남은 오크를, 드란은 손톱을 길게 해서 첫 번째 오크와 똑같은 결말을 내었다.

"게임 끝."

이제는 스피드 전투에 익숙해졌다란 생각이 든 드란이 미소를 지으며 뽑힌 간을 씹어 넘겼다.

"이 녀석들의 간들은 아껴 두자."

요력의 회복을 위해 하나의 간을 씹어 먹으면서 드란은 칼에 머리가 찍힌 두 녀석의 간들을 뽑아서는 인벤토리에 집어넣었다.

"이제 이 녀석들로는 레벨이 오르지가 않네. 후우, 어디로 가야 할까."

고민하던 드란의 머릿속에 순간 하나의 생각이 떠올랐다.

이곳에 오기 전에 방문했던 폐허의 마을. 바로 좀비 같은 언데드 류의 몬스터들이 나오는 마을을 말이다.

"좋았어, 거기다."

비록 생간을 섭취할 수는 없지만 간이야 이곳에서 구하면 된다.

▼

드란은 오크들을 20여 마리를 더 사냥한 다음, 나온 간을 인벤토리에 집어넣었다.

그리고 난 다음, 언데드 마을에 들어서자 아까와 똑같이 한 마리의 좀비가 나타났다.

"우워—"

"오냐, 네가 첫 상대로구나."

뒤에 나 있는 꼬리를 흔들며 드란이 손톱으로 좀비를 찌르려 하던 중, 예기치 못한 일이 일어났다.

"우, 우워— 얘, 얘기를 나누고 우워 싶다."

"뭐, 뭣?"

좀비가 말을 한다? 이 무슨 황당 시츄에이션인가?

"우워— 나는 이 마을의 우워— 촌장. 복수를 하고 싶다."

좀비의 말과 함께 방울 소리가 울리며, 퀘스트 창이 떠올랐다.

슈렌 마을 촌장의 부탁(몬스터 퀘스트)

5년 전까지만 해도 행복이 넘실거리던 슈렌 마을이 어느 순간 나타난 흑마법사로 인해 지옥보다도 지옥 같은 언데드 마을이 되어 버렸습니다.

슈렌 마을의 촌장. 이제는 이름조차 기억 못하는 좀비가 되어 버린 그가 흑마법사에게 살기 어린 복수를 원하고 있습니다.

하지만 흑마법사에게 묶여 있는 언데드인 몸의 촌장으로서는 복수의 방법이 없습니다.

흑마법사를 처치하여서 슈렌 마을의 사람들 영혼을 자유롭게 해 주어야 합니다.

"그렇다면 흑마법사 하나로 인해 마을이 이렇게 되었다는 것인가요?"

"그렇소. 우워─ 이미 나 말고 다른 이들은 어둠의 힘에 마음이 우워─ 잠식되어 버렸소. 저도 이제 얼마의 시간이 지난다면…… 생각하기도 싫소! 내, 내가 우워─ 한낱 언데드가 된다니!"

"저만 믿어 주십쇼."

드란이 걱정 말라는 듯 가슴을 팡팡 내리쳤다.

"고맙소. 그리고 하나 더 알려 주겠소. 우워─ 간교한 흑마법사 쿠벤의 말을 결코 믿지 마시오. 그 녀석은……."

이후 촌장은 흑마법사가 자신들에게 해 온 일을 설명해 주었다.

흑마법사의 이름은 쿠벤. 그는 몰래 이 마을에 포이즌 클라우드를 시전해 병에 걸리게 하고는, 1달 동안 묵묵히 슈렌 마을의 상태를 봐 왔다고 한다. 이윽고 병으로 인해 마을 사람들이 하나둘 죽음을 맞이할 때쯤, 떠돌이 신관이라 말하며 쿠벤이 낡은 로브를 뒤집어쓰고는 나타났다.

몇몇 마을 사람들은 그런 그를 의심했다. 갑자기 나타난 떠돌이 신관이 있다며 말이다.

하지만 그의 힘은 엄청났다.

단 하루, 하루 만에 쿠벤의 진료로 인해 마을을 떠돌던

병들이 한순간 사라지게 된 것이다. 이후 마을 사람들은 쿠벤의 힘을 찬양했다.

하지만 어느 날 지옥이 시작되었다.

쿠벤의 진료를 받은 사람들이 하나둘씩 눈을 까뒤집더니 몸이 썩어 문드러지며, 언데드화가 되기 시작한 것이다.

다행이라면 다행이랄까? 촌장은 쿠벤의 진료가 아닌 시간이 지나 병을 나아서인지 어둠의 힘에 그렇게 영향을 받지 않았다고 한다. 물론 언데드화가 되는 것은 피할 수 없었지만 말이다.

이후, 언데드가 되어 버린 마을 사람들은 쿠벤의 말을 따르는 충실한 부하가 되었다고 한다.

"으득, 그들 중에는 내 딸이 있소. 그 자식 우워— 쿠벤 녀석은 내 딸을…… 내 딸을 자신의 아내로 삼았소. 부탁하오. 딸이 살아 있다면, 부디 내 대신 죽여 줄 수 있겠소?"

"네? 딸을 죽여 달라니요?"

"이미 옛날의 착했던 내 딸이 아닐세. 으득, 쿠벤의 간교한 흑마법으로 인해 철저히 쿠벤을 따르는 악녀가 되어 버렸네. 그런 딸을 바라볼 때마다 내 마음이 아프다네."

이것이. 정말 NPC일까? 문득 NPC보다는 현실 세계의 사람과도 같다는 생각을 한 드란은 더욱이 자신을 믿으라는 듯, 썩어 문드러진 촌장의 손을 세게 쥐었다.

"저만 믿으십시오. 맹세코 쿠벤을 지옥으로 떨어트리겠습니다."

드란은 맹세와 함께 언데드 마을이 되어 버린 슈렌 마을로 발을 들였다.

❦

"크큭, 웃기는군. 한낱 요수 따위가 나를 이길 거라 생각하는 건가?"

한편 어두운 공간에서 한 미남자가 수정 구슬에 나오는 이미지를 보며 괴소를 터트렸다.

주변을 살펴보니 과연 인간이 한 일인지란 생각이 들 정도로 끔찍했다. 머리가 없는 시체, 다리가 없는 시체, 그리고 그런 시체들이 조합되어져 있는 시체.

바로 흑마법사의 연구소인 키메라 제작소인 것이다.

잔인하게 미소를 짓고 있는 쿠벤이 고개를 돌려 자신의 아내 엘리스를 쳐다보았다.

"오오, 엘리스. 나의 엘리스. 저 녀석이 나를 괴롭히오. 어찌하면 좋겠소?"

엘리스가 사악하게 웃었다.

"호홋, 쿠벤 님을 괴롭히는 자라면, 저 엘리스가 결코 용서치 않겠어요."

촌장이 이 모습을 본다면 화가 뻗쳐 머리가 터질 일이다.

군데군데 찢겨져서 속살이 보이는 검은 드레스를 입은 여인 엘리스는 바로 촌장이 말한 자신의 딸이자, 이제는 옛날의 모습을 잃고 악녀가 되어 버린 엘리스이다.

"쿠벤 님을 괴롭히는 자……."

탐스러운 긴 금발 머리를 흩날리며 엘리스가 수정 구슬 이미지에 떠오른 드란을 째릿하게 노려봤다.

▾▾

움찔!

"뭐야, 이 느낌은……."

왠지 자신을 노려보는 느낌이 들자 드란의 꼬리가 절로 퍼뜩 서며 주변을 둘러보았다.

하지만 아무것도 없었다.

"대체 이곳은 얼마나 가야 하는 것이지?"

머리를 긁적이던 드란은 순간 살기를 느꼈다.

드란이 황급히 고개를 뒤로 돌아보았다.

"누구냐!"

"우워어어어—"

"……."

그리고 뒤돌아 본 것을 후회했다. 대략 20여 구가 넘어 보이는 좀비들의 모습은 절로 전투력을 떨어트리며, 식욕을 떨어트리는 장면이다.

하지만 좀비들의 특성상 이동속도와 공격 속도는 느릴

터!

"불쌍한 사람들."

좀비를 바라보는 드란의 눈이 촉촉해졌다. 촌장의 설명을 듣지 않았다면 생각조차 하지 않고 검을 휘둘러 징그럽다며 죽일 좀비였지만, 이미 설명을 들은 드란이었다.

"부디, 자유롭게 사시길."

드란이 우두머리 늑대의 송곳니를 꺼내 들어 앞의 좀비들을 베어 나갔다.

"우워어어—"

좀비의 썩어 문드러진 팔과 다리가 마구 튀겼지만, 고통을 느끼지 않는 언데드이다. 비록 전에는 살아서 이 마을을 밝게 해 주던 마을 사람이라지만 지금은 한낱 언데드에 불과한 존재들이다.

이윽고 레벨 업을 했다는 소리와 함께 20여 마리의 좀비들을 전부 처치할 수가 있었다.

혹시나 해서 좀비의 배에 손을 집어넣어 간을 빼 보았지만 완전히 부패된 간뿐이었다.

"흐흠……."

마치 담배를 20년간 핀 사람처럼 부패되어 버린 간은 도저히 먹을 수가 없을 지경이었기에 드란은 다시 좀비의 배 속에 넣어 주었다.

"그래도 다행이야. 좀비들의 속도가 느려서."

사실 좀비들의 레벨은 드란보다 몇 수 낮은 11레벨이다.

원래라면 숲을 빠져나오자마자 들렸어야 했지만 오크들에게서 레벨 업을 하고 난 다음에 와서인지 좀비들은 드란의 상대가 못 되었다. 또 이동속도와 공격 속도 또한 느리니 민첩성이 사기적으로 높은 자신으로서는 회피 또한 쉬웠다.

그렇게 어느 정도 좀비들을 처치하고 난 다음, 앞으로 나아가자 마을의 폐허같이 숭숭 구멍 뚫린 집과는 다르게 멀쩡한 집 한 채가 있었다.

드륵—

단 한 채만이 멀쩡하다면 그곳에 흑마법사가 있을 터, 드란은 생각할 필요도 없다는 듯 문을 열고 들어갔다. 그 예상은 적중했다.

"어서 와라, 기이한 기운을 내뿜는 요수여."

쿠벤이 교활한 미소를 지으며 드란을 맞이해 주었지만, 드란은 이미 코를 찌르는 악취에 얼굴을 찌푸린 상태이다.

'어찌 이런 짓을……'

아무리 NPC라지만, 아무리 가상현실이라지만, 이건 좀 심하다.

여러 개의 시체들이 주변에 널브러져 있는 모습은…… 가히 지옥의 연옥을 연상시킬 정도이다.

"네놈이 쿠벤이냐?"

"그렇다면 어쩔 것이냐?"

"지독한 자식."

드란이 더는 생각할 필요가 없다 여기고 달려 나가 검을 휘두르려는 순간, 검은 물체가 자신을 막았다.

챙—

"쿠벤 님은 건드릴 수 없다."

"오오, 엘리스. 그래, 저 녀석이 나를 괴롭히는구나. 처치를 해 줄 수 있겠느냐?"

"쿠벤 님을 위해서라면."

엘리스가 자신의 키보다 더 커 보이는 양손검을 들고는 드란을 내려쳤다.

"이런!"

드란은 양손검의 크기와 파괴력을 고려해 본 결과, 부딪칠 경우 100% 사망이라고 여기고는 피하는 것을 택했다.

콰앙—

양손검이 땅에 부딪침과 함께 그곳이 엄청나게 파였다.

드란이 그 모습에 살짝 등골이 오싹함을 느끼고는 앞발을 모았다.

"바람의 술!"

푸화아악—

드란의 입에서 바람이 뿜어져서는 그대로 엘리스의 몸에 적중했다. 하지만 엘리스는 양손검을 땅에 박고 잡고 있어서인지 날아가지는 못했고, 주변의 시체들만이 날아갔다.

"네, 네 이놈이!"

자신의 연구물들이 휭 하니 날아가며 주변을 어지럽히자 쿠벤이 화가 뻗친 듯 눈을 붉혔다. 아마 이곳에 온 후부터 평생을 연구할 생각의 자료들인 듯했으나 드란이 그런 것을 신경 쓸 리가 있겠는가?

"엘리스! 저 녀석을 산 자도 죽은 자도 아니게 만들어 버려라!"

"네."

엘리스가 양손검을 땅에서 뽑고 달려오는 모습에 드란이 다시금 앞발을 모았다.

"어딜! 다크 애로우!"

"바람의…… 크윽!"

막 스킬을 사용하려던 드란의 앞발을 쿠벤이 시전한 다크 애로우에 적중당했고, 드란은 앞발을 풀 수밖에 없었다.

그러는 동안 어느새 드란의 앞까지 온 엘리스가 양손검을 그대로 내려찍었다.

"이런!"

드란이 그 흉흉한 모습에 깜짝 놀라며 허리춤에서 우두머리 늑대의 송곳니 2개를 이용해서 양손검을 막으려 했으나, 힘 하나는 끝내주는 양손검이다.

가볍게 우두머리 늑대의 송곳니 2자루를 압도하는 공격력!

더구나 운 없게도 송곳니의 내구도가 빠른 속도로 줄어들기 시작했다.

'제, 젠장.'

일촉즉발의 위기 상황!

그 모습에 쿠벤이 큭큭 대며 웃어 댔다.

"크윽, 지겠어……."

"엘리 우워— 스, 그만 둬라!"

우연이라면 우연이랄까? 드란이 위기 상황을 맞이했을 때 좀비가 되어 버린 촌장이 나타났다.

촌장은 엘리스를 촉촉이 젖은 눈빛으로 바라보다가 이내 손톱을 내밀며 쿠벤을 향해 달려들었다.

"쿠벤, 이놈! 결코 용서치 않는다!"

"푸하핫! 한낱 좀비 따위가 나를 이길 수 있겠나? 다크 애로우!"

피융—

"커억!"

쿠벤의 마법 한 방으로 인해 촌장은 그대로 머리가 꿰뚫려서 바닥에 고꾸라졌다.

죽은 것이다. 저 쿠벤으로 인해.

으득!

"이 자식! 쿠벤!"

드란이 이를 갈며 힘을 주는 모습에 쿠벤이 코웃음 쳤다.

"엘리스의 힘에 쩔쩔매는 주제에 나를 이길 수나 있겠나?"

절대 용서 못한다. 쿠벤, 저 녀석만큼은.

현재 자신의 힘은 빈약하다. 그렇다면 딱 하나, 힘을 증폭시키는 요술이 있지 않던가? 비록 패널티는 심하지만 말이다.

"네놈만은, 네놈만은 결코 용서 못한다. 현신!"

▾

─현신을 사용하셨습니다. 1분마다 10의 영력이 소모됩니다. 공격력 200% 증가, 민첩X2.

"크으으으─"

드란의 몸에서 막대한 양의 알 수 없는 붉은빛 요기가 뿜어지며 한 마리의 거대한 여우로 실체화되었다.

이것이 진정한 일미호의 진짜 모습!

"쿠벤, 각오해라!"

"쿠벤 님은 내가 지킨다."

뛰어서 쿠벤에게 향해 가는 드란을 엘리스가 양손검을 휘둘러서는 막았다. 아니, 막으려 했다.

푸욱!

"네 녀석은 자신의 아버지를 죽인 자를 아직까지 감싸려 드는 거냐!"

"까아악!"

드란이 그대로 엘리스의 가슴팍에 커다란 손을 집어넣고는 생간을 뽑아냈다.

으적으적─

―띠링! 특이 몬스터 '악녀 엘리스'의 간을 섭취하였습니다. 영력 +80, 영구적으로 힘 +2.

"마, 말도 안 돼!"

쿠벤은 바로 앞의 거대한 요수가 엘리스의 간을 뽑아서 그대로 입에 넣고 씹어 먹는 광경에 엄청난 공포에 휩싸였다.

아니, 사람의 생간을 그대로 씹어 먹다니?

"이런 괴물 같은 녀석! 받아라, 다크 애로우!"

쿠벤이 양손에 다크 애로우를 시전해서 드란을 향해 날렸으나, 드란은 가볍게 피하고는 앞발을 모았다.

"바람의 술!"

푸화아아악―

공격력이 200%가 된 것이 물리적인 것만이 아니라 마법적인 영향도 있는 것인지, 드란의 거대해진 입에서 인간일 때의 모습과는 비교도 안 될 정도의 바람이 뿜어져 나오며 쿠벤의 몸을 강타했다.

"크아악!"

쿠벤이 그 바람에 몸을 지탱하지 못하고 비명을 내지르며 바닥을 굴렀다.

드란은 그런 쿠벤에게로 가볍게 다가가서는 앞발에 자란 기다란 손톱으로 가볍게 쿠벤의 몸을 찔렀다.

푸욱!

"크아아악!"

몸이 꿰뚫린 고통, 참을 수 없는 아픔을 느끼게 된 쿠벤이 고통을 호소하며 몸을 뒤척거렸으나, 이미 화가 제대로 뻗친 드란이다.

"고통스럽나? 네놈이 한 짓을 생각하고 반성해라!"

푸푸푸푹!

현신의 효과로 민첩이 2배가 되어 100이 넘어가는 드란이다. 그 민첩의 양으로 손톱을 마구 찔러 넣자 그 속도가 가히 엄청났다.

"크아악, 살려 줘!"

"……."

"제발…… 살려 줘……."

눈물로 호소하며 외쳐 대는 쿠벤의 몸 주변에는 드란의 손톱으로 인해 수없이 많은 구멍이 나 있다.

쿠벤의 처절한 모습에 절로 동정이 들건만, 드란은 이미 쿠벤이 해 온 짓을 알고 있다.

아무 죄 없는 사람들을 자신의 연구를 위한 재료로 사용했을 뿐더러, 멀쩡한 사람을 흑마법으로 세뇌시켜 악녀로 만들었다. 애초에 행복했던 이 마을 슈렌을 망가트린 자가 바로 이 쿠벤이다.

"지옥에 가서 그 사람들을 위해 빌어라."

"뭐, 뭐?"

"간 섭취!"

거대한 여우로 변해서인지 인간일 때와는 비교도 안 될 정도로 기다란 손톱이 튀어나오며 그대로 쿠벤의 가슴팍을 꿰뚫었다.

"커어억!"

가슴팍이 꿰뚫리는 고통이 엄청난지 쿠벤이 고통에 겨워 몸을 떨어 댔으나 자신이 해 온 짓을 생각하면 이것은 조족지혈에 불과하다.

더구나 드란은 일부러 간을 빼는 것을 늦추고 있었다. 자신의 손이 장기를 만지작거리고 있으니, 그 고통과 두려움은 엄청날 것이다.

부들부들.

막 떨어 대던 쿠벤의 눈이 두려움으로 물들었을 때, 드란이 손을 빼냈다.

"쿨럭!"

드란의 손에서 새까만 연기에 둘러싸인 간이 나오며 쿠벤이 회색빛으로 물들었다.

"현신 해제."

아무리 빨리 해치웠다고 해도 무려 4분이나 흘렀다. 덕분에 40의 영력을 소모한 드란으로서는 아까워 죽을 일이다.

거대한 여우였던 드란의 몸이 다시금 꼬리 하나와 쫑긋 세워진, 여우의 두 귀를 가진 인간의 몸으로 변화되었다.

"네놈이 저지른 죄의 심판을 받은 거다."

죽어 있는 쿠벤을 향해 비웃은 다음, 드란이 막 생간을 입에 넣으려던 중 누군가가 자신을 불렀다.

"고맙구나. 요수여."

옆을 보니 한 마리의 좀비에 불과했던 촌장이 원래의 몸을 되찾은 인자한 할아버지의 모습으로 드란에게 감사를 표했다. 물론 딱 하나, 몸이 영혼의 상태처럼 흐릿한 것만 빼면 말이다.

"훗. 천국에 가서 사이좋게 지내라고요. 촌장."

"고맙다. 정말 고마워."

촌장이 눈물을 흘리며 점차 사라졌다. 그리고 이내 슈렌 마을의 곳곳에서 빛과 함께 무엇인가가 사라지는 소리가 들려왔다. 마을 사람들의 영혼이 자유를 되찾은 것이 분명하리라.

드란은 그 모습에 피식 미소 짓던 중 알림음이 하나가 들려왔다.

슈렌 마을 촌장의 부탁 퀘스트가 완료됐습니다.

언데드 마을이었던 슈렌 마을의 사람들의 영혼을 자유롭게 해 주셨습니다.

간교한 방법으로 평화로운 마을을 지독한 악몽으로 만든 쿠벤은 지옥의 사신으로 인해 지옥으로 끌려가 평생을 고통의 삶을 살게 될 것입니다.

슈렌 마을의 사람들은 당신을 진정한 병의 치료사로 생각하며 편히 천국으로 향할 것입니다.

슈렌 마을의 모든 이들을 구원해 주신 당신에게 '영혼의 구원자'라는 칭호가 주어집니다.

〈〈영혼의 구원자=힘 +5, 민첩 +5〉〉

"부디 천국에서는 못 다한 행복을 이루시길."

드란이 기도를 함과 함께, 시꺼먼 안개에 둘러싸인 쿠벤의 간을 꿀꺽 삼켜 버렸다.

제3장
이미호

―띠링! 보스 몬스터 '흑마법사 쿠벤'의 간을 섭취하였습니다. 영력 +350, 영구적으로 지능 +10, 지혜 +5, 악명 +200.

　"오호! 영력이 350이나 증가했네?"
　흑마법사 쿠벤의 간은 다행히 작았기에 카르취의 힘겹게 먹었던 간에 비해 비교적 쉽게 먹었다. 비록 검은색 안개 덕에 찝찝한 맛이 있었지만 말이다.
　더구나 흑마법사도 마법사는 마법사인지 지능과 지혜가 제법 상승했다. 악명이 상승한 것은 좀 기분이 안 좋지만 말이다.
　"으응?"

그렇게 오른 능력치에 기분 좋게 웃던 중 드란은 순간, 자신의 몸에 느껴지는 고통에 비명을 내질렀다.

"크으윽, 뭐, 뭐야!"

—띠링! 스킬 '이미호의 길'의 조건을 충족시켰습니다. 종족이 일미호에서 이미호로 변화되며, 상태와 스킬이 변화됩니다.

"캬르르릉!"

드란의 입에서 자동적으로 여우의 소리가 나왔다. 드란 자신으로도 이 소리가 어떻게 냈는지도 모를 일이다.

그렇게 귀와 꼬리를 쫑긋 세우던 드란은 한순간 고통에서 풀림과 함께 꼬리가 하나 더 자라났다. 두 개의 꼬리를 가진 동물, 이미호가 된 것이다.

드란은 한동안 새로 자라난 꼬리를 신기하게 쳐다보다가 상태가 변화되었다는 메시지를 떠올리고는 상태창과 스킬창을 열어 보았다.

캐릭터 이름:드란　　레벨:23(Exp 27.62%)

칭호:영혼의 구원자

종족:이미호　　명성:0　　악명:200

상태:몬스터

생명력:550/550　　요력:650/650

만복도:100%

힘:42(37+5)　　민첩:95(90+5)　　체력:28

지혜:30　　지능:45　　행운:5

보너스 스탯:0

공격력:38~60　　방어력:30

마법 저항:무

삼미호의 길(초급, 패시브)

이미호는 구미호 일족의 시작이나 다름없습니다. 구미호는 옛날 그 힘이 하늘의 뒤엎는다고 하여, 요술에 그 어떤 종족보다 능숙했습니다. 다른 이들의 힘을 취하여 꼬리를 늘려 구미호 일족의 힘을 부활시키십시오.

〈〈영력 184/2,500〉〉

간 섭취(초급, 액티브)

구미호는 예로부터 다른 이들의 힘을 취하기 위해 간을 먹어 왔습니다. 간을 섭취할 경우 떨어진 생명력과 요력, 그리고 만복도를 채워 주며, 영력을 얻어낼 수가 있습니다. 또한 일정 확률로 약간의 시간 동안 간을 섭취당한 자의 소량의 힘을 얻을 수가 있습니다.

〈〈생명력과 요력 10% 회복, 영력 1 증가, 5%의 확률로 10분 동안 상대방의 특징을 소량 얻어낼 수 있습니다.(보스 몬스터나 특이 몬스터의 간을 섭취할 경우에는 효과가 더욱 증가합니다.)

요력 소모 없음〉〉

바람의 술(중급, 액티브)

구미호의 일족이라면 태어 날 때부터 누구나 사용할 수 있는 기본적인 요술로서, 요력에 바람의 힘을 담아 몸속에서 방출시킬 수가 있습니다. 데미지는 그리 강력하지 않지만 적을 멀리 날려 버리는 효과가 있습니다.

〈〈한 개의 꼬리당 80의 데미지와 함께 적을 날려 버립니다. 요력 소모 70〉〉

현신(초급, 액티브)

구미호의 비장의 요술로 인간의 몸에서 본신의 여우의 몸으로 변화시킵니다. 단, 오미호 이하일 때의 현신 사용 시에는 그 힘이 부족하여 체내에 쌓인 영력의 힘을 사용하며, 1분당 10의 영력을 소모합니다.

〈〈1분당 10의 영력 소모.(육미호 이상일 때에는 패널티를 받지 않음) 공격력 200% 증가, 민첩X2〉〉

불의 술(초급, 액티브)

구미호의 일족이 즐겨 사용하는 요술로서, 요력에 불의 힘을 담아 몸속에서 방출시킬 수가 있습니다. 다른 요술들과 다르게 화(火)의 속성을 지니고 있어 파괴력이 월등히 강력하며, 높은 확률로 화상을 입히는 효과가 있습니다.

《한 개의 꼬리당 150의 데미지와 함께 50%의 확률로 적에게 5초당 20의 데미지를 입히는 지속 시간 30초의 화상을 입힙니다. 요력 소모 150》》

둔갑의 술(초급, 액티브)

구미호의 일족들은 가끔씩 다른 이의 존재로 둔갑하여 살아가는 재미를 누릴 때가 있습니다. 그것을 위해 있는 요술이 바로 이 둔갑의 술입니다. 한 번 접촉한 상대의 생김새면 언제든지 변신할 수 있으며, 사용 시 상태가 중립으로 변화됩니다.

《몬스터 상태를 중립 상태로 만들어 준다.(상황에 따라 다르다) 한 번 접촉한 상대라면 그것이 드래곤이라 해도 둔갑이 가능. 단 거대한 생명체로 둔갑을 할 시에는 목숨을 걸어야 할지도 모른다. 요력 소모 300(둔갑할 존재의 크기에 따라 변화됨)》》

가히 사기적으로 변화된 능력치와 새로 생겨난 2개의 스킬! 더구나 바람의 술은 자주 사용해서인지 초급에서 중급으로 상승이 되었다. 하지만 무엇보다 드란의 눈에 띄는 것이 있었으니.

"영력 2,500? 나보고 죽으라는 거구나."

이미호의 길은 800이니까 삼미호의 길에서는 대충 1,500 정도를 예상했다. 그런데 2,500이라니? 간 2,500개를 입에 쑤셔 넣으라는 말이 아닌가?

드란으로서는 정말 미치고 팔짝 뛰고 싶은 심정이다.

"그러고 보니 둔갑의 술이라고 했지?"

다른 이의 모습으로 변할 수 있는 요술, 둔갑의 술. 몬스터 상태를 중립 상태로 만들어 준다고 한다. 이 효과를 이용하면 즉, 자신도 인간의 마을에 들어설 수가 있다는 거다.

드란이 환호성을 내질렀다. 마을 안으로 못 들어간 덕에 지금 쌓인 아이템들은 한 가득이다. 이제 조금만 있으면 아이템을 버려야 하는 상황까지 올 정도로 쌓여 있는 상태로, 마을로 들어갈 수 있다는 것은 대환영이다.

더구나 둔갑술의 효과는 인간의 마을로만 갈 수 있는 것이 아니다. 예를 들어서 오크의 모습으로 둔갑을 한다고 해 보자. 그렇다면 몬스터 상태는 해제되지 않으며, 인간의 마을로 갈 시에는 공격을 받을 터이지만 오크들의 마을 안으로 갈 시에는 공격을 받지 않는다. 왜냐하면 자신은 오크의 모습을 하고 있으니 오크들이 같은 동료로 알 것이다.

즉, 자신이 들어갈 수 있는 마을은 한정되어 있지 않다. 어디에나 갈 수가 있다는 말이다.

"이 주변에는 분명히 마을이 있을 거야!"

드란이 신나 하며 밖으로 나가던 중 자신의 머리를 콩 소리 나도록 쳤다. 쿠벤 같은 보스 몬스터를 잡았으니 당연히 무엇이 나오겠는가?

운이 좋았는지 쿠벤이 사라진 곳에는 하나의 반지가 떨어져 있었다. 액세서리 아이템!

그 희귀한 액세서리를 드란이 얻게 된 것이다.

드란이 반지를 집어 들어서는 아이템 확인을 외쳤다.

암흑의 반지(마법 A)

흑마법사 쿠벤이 가지고 있던 아티팩트로 흑마법이 담겨져 있다.

내구력:20/20   방어력:5

사용 제한:지혜 30 이상

옵션:기초적인 흑마법 '다크 애로우'를 사용할 수 있게 된다.

요력 소모 30

▼▼

꽤나 많은 걸음을 옮기고 난 후 드란은 드디어 인간의 마을을 찾아낼 수가 있었다.

"후후후, 드디어 찾았다."

드란이 실성한 사람처럼 웃어 댔다. 당연하게도 이 길을 오면서 미친 듯이 달려들어 댄 오크들 때문이다. 선물로 불의 술을 먹여 줘서 노릇노릇하게 구워 주었지만 말이다.

드란이 나뭇잎을 머리에 올리고 난 다음, 앞발을 모았다.

"둔갑의 술!"

퍼엉―!

둔갑의 술은 특이하게도 머리 위에 나뭇잎을 올려야 사용이 가능하다고 하기에 오는 길에 나뭇잎을 대략 50장 정도 뜯어 온 드란이다.

둔갑의 술을 사용하자 드란의 몸 주변으로 뭉글뭉글한 안개가 감싸 오더니 이내 스르르 하고 사라지면서 그곳에는 드란의 모습이 아닌 한 명의 아름다운 여인의 모습이 나타났다.

"쩝…… 그래도 접촉한 사람이 이것뿐인 걸."

드란의 목소리가 가늘게 변했다. 또한 그것뿐인가? 몸매도 정말로 개미허리가 되었고 가슴도 여자처럼 봉긋이 튀어나왔을 뿐더러, 머리 역시 탐스러운 긴 금발이 되었다.

정말로 신기하고도 신기한 둔갑의 술이다.

하지만 어쩌겠는가? 드란이 접촉한 존재들이라고는 늑대, 오크, 좀비, 엘리스, 쿠벤뿐이다.

그런데 흑마법사 쿠벤으로 변하다가 만약 이곳에 현상수배범으로 되어 있다면 사냥감이 될 것이 분명할 터였기에 어쩔 수 없이 엘리스로 둔갑한 것이다. 그런데 정말 어쩔 수 없는 것일까?

"근데 정말 여자가 되니 신기하다."

드란이 엘리스로 둔갑이 된 몸을 휘휘 둘러보다가 이내 마을로 들어섰다.

"오크들의 글레이브! 노말 C등급! 15실버에 처분합니다!"

"붉은 팔 고블린 부족 파티원 구합니다! 탱커는 있으니,

데미지 딜러 구해요! 특히! 사제분 구합니다!"

"암, 암. 역시 마을은 이래야지."

드란이 고개를 끄덕였다. 지금까지 봐 온 마을이라고는 언데드 마을인 슈렌뿐이니 이런 평범한 마을은 드란의 눈에는 정말로 평화로워 보였다.

물론 가끔씩 자신을 멍한 표정으로 바라보는 몇몇 남성 유저들 때문에 조금 화가 치솟았지만 말이다.

'나도 남자거든, 이 호모들아.'

하지만 그들을 욕하기 전에 자신의 몸부터 제대로 살펴봐야 할 드란이다. 비록 초보자용 질 낮은 가죽 셔츠를 입었다지만 엘리스의 몸은 가려지지 않았다. 오히려 가죽 셔츠로 인해 몸매가 더욱더 표현되어, 뭇 남성 유저들의 가슴을 설레게 한 것이다. 더구나 무엇보다도! 엘리스로 둔갑한 드란은 NPC가 아니다. 유저인 것이다.

"세상에 서렇게 예쁜 사람이 존재 할 줄이야……."

가상현실 게임 리펙터 월드는 익명성을 악용하는 사람들 때문에 성형이 불가능하다. 가능한 것으로는 머리색과 길이 정도? 그러니 지금 엘리스의 모습을 한 드란은 다른 유저들에게 눈에 안 띌 수가 없는 것이다.

주변의 유저들이 드란을 헤 소리 나도록 쳐다보며 연예인일 거라고 속닥거려 댔다.

아무리 둔갑을 했다지만 여우의 귀를 가지고 있는 드란이었기에 그 속닥거림이 전부 다 들려 정말 미칠 지경이다.

'시밤바, 차라리 쿠벤으로 둔갑할 것을!'

하지만 이미 늦었다. 이곳에서 쿠벤의 모습으로 둔갑했다 가는 여자가 남자로 변했다! 라며 더 난리가 날 판이다.

그때 몇몇의 용기 있는 사람이 드란에게로 다가왔다.

"안녕하세요? 혹시 저희 파티에 들어오시겠습니까?"

"예?"

드란의 대답에 파티를 신청한 유저들이 다시금 멍한 표정을 지었다.

'가냘픈 목소리! 가히 천사의 목소리구나!'

둔갑으로 인해 변조된 엘리스의 가느다란 목소리를 들은 유저들의 모습에 드란의 짜증은 더욱 솟구쳤다.

'이 미친것들아! 나 남자라고! 네놈들 진짜로 호모냐?!'

물론 마음속으로만 외칠 뿐이다.

그러던 중 파티를 신청한 유저가 기침을 두어 번 했다.

"보시다시피 저희는 전부 중렙 유저입니다. 저희랑 파티를 하시면 광렙은 책임지지요."

'응? 이것 봐라?'

얼핏 생각해 보니 이거 엄청난 기회다. 딱 보기에도 탱커 전사로 보이는 저 유저는 입은 방어구만 해도 탄탄해 보이는 판금이 아닌가? 판금 방어구는 무척이나 단단한 만큼, 요구하는 힘이 장난이 아닐 뿐더러, 가격 역시 장난 아니다.

대략 레벨을 잡아도 30은 넘는 유저이고, 그 주변에 있는 파티들의 방어구와 무기도 심상치 않은 것이 역시나 레벨 30은 넘어 보이는 유저다.

'둔갑이 이래서 좋은 거구나!'

아까까지 호모라고 욕했던 드란이 참으로 많이 변했다.

이윽고 드란의 눈이 반짝임과 동시에 그 탱커 전사 유저의 손을 꽉 잡았다.

"좋아요."

"하하하……."

전사 유저는 자신이 코가 꿰인 것도 모르고 손에서 느껴지는 부드러운 드란의 감촉에 헤벌쭉거리며 웃을 뿐이다.

▼▼

"차앗! 소드 크래시!"

콰쾅—!

드란에게 파티를 신청했던 자들은 템도 템이지만 컨트롤도 예술이었다. 30레벨이 헛것이 아니라는 듯 34레벨의 리자드맨을 가볍게 죽여 대니 말이다.

리자드맨은 늪지에 사는 도마뱀 인간의 모습을 한 몬스터로서, 그 전투력이 뛰어나 웬만하면 싸우기 싫은 몬스터였으나 경험치가 무척이나 짭짤하다.

덕분에 드란은 구경만을 하면서 벌써 2레벨 업을 했다.

"저기요, 샤린 님. 님은 안 싸우세요?"

드란의 이름은 현재 샤린이다. 둔갑을 할 시의 특수 효과

중 하나인 가명 닉네임을 사용할 수 있게 된 덕이다.

막 백 어택으로 리자드맨 한 마리를 힘겹게 처치한 로그 유저. 레스가 짜증을 부리며 드란을 추궁했다. 우리들은 사냥하는데, 왜 자신은 구경만 하냐는 뜻이다.

이때의 해결법은 간단하다.

"죄, 죄송해요. 흐흑!"

드란이 거짓 눈물을 짜내며 레스를 쳐다보자 레스가 얼굴이 붉어졌다. 눈물이 글썽이는 여인의(실제로는 남자) 얼굴을 보자니 절로 미안함이 들었다.

"그, 그렇게 울지는 마시라고요."

'크크큭! 넌 낚인 거야.'

"하지만, 하지만…… 정말 전 이 파티의 필요 없는 존재인가 봐요. 흐흑!"

"레스! 샤린 님께 당장 사과하지 못할까!"

파티의 리더인 탱커 전사 리베토가 화를 내며 드란을 감쌌다. 그의 눈에는 '저만 믿으십시오.' 라는 표정이 가득하다.

"죄송합니다, 샤린 님."

"아니에요, 전 정말 괜찮아요."

"샤린 님, 이건 제가 죄송해서 드리는 것이니 받아 주십쇼."

리베토가 10골드를 꺼내서 드란에게 건네었다.

드란은 짐짓 받을 수 없다고 연신 외치다가 리베토가 계속 권하자 윙크를 한 번 해 주며 고맙다고 말했다.

그에 리베토가 침을 살짝 흘리더니 머쓱한 듯 머리를 긁적이며 호탕하게 웃어 젖혔다.

'이거 꽤 재미있네?'

남자들을 약 올리는 재미에 이제는 푹 빠져 버린 드란이다. 더구나 이렇게 공짜 경험치에 공짜 돈까지 얻으니 세상 살기 정말 쉽다.

왠지 모르게 약은 여우의 모습으로 변해 가는 드란이 무섭다. 생간을 식사로 하다 보니 이제는 진짜 여우가 되어 버린 것인가?

"자, 이번에는 저쪽으로 가 보자고요."

"네."

리베토가 앞으로 향하자 드란은 눈물을 삼킬 수밖에 없었다. 둔갑술 상태에서도 간 섭취는 가능했지만, 사용하면 입과 손에 피가 덕지덕지 묻어난다. 그러니 회색빛으로 물들어져서 사라져 가는 리자드맨을 아쉽다는 눈으로 흘길 수밖에 없는 노릇이다.

"크아악!"

그러던 중 갑작스럽게 비명이 터져 나오며 마법사 유저였던 하룬이 회색빛으로 물들었다. 죽음을 당했다는 증거다.

"무슨 일이냐!"

"허억! 리자드맨 히어로다!"

"어째서 저 녀석이……."

리베토와 레스, 그리고 궁수 유저인 아렌이 당황했다. 유일하게 당황하지 않는 이는 리자드맨 히어로를 알지 못하는 드란뿐이다.

'저 모습이 어디가 다르다는 거지?'

단지 리자드맨에서 약간 키가 크고 머리에 투구를 쓴 채, 거대한 장검을 쥐고 있는 것이 다를 뿐이다. 다른 리자드맨이 쥐고 있는 검이 바스타드 소드라고 보면 저 녀석이 쥐고 있는 검은 가히 투핸드 소드급이다.

"샤린 님! 저희가 막고 있을 테니 달아나세요!"

리베토가 투구의 갓을 내리고는 방패를 쥐어들었다.

"달아나세요, 샤린 님! 녀석의 레벨은 무려 45입니다! 리자드맨의 보스 몬스터가 아닌 영웅 몬스터로 저희로서는 도저히 상대가 안 돼요!"

"하지만 저 혼자서 도망칠 수는……."

그러면서 뒤로 살짝 발을 빼는 드란이었다.

—띠링! 전사 유저 '리베토'가 친구 요청을 걸어왔습니다.

—띠링! 로그 유저 '레스'가 친구 요청을 걸어왔습니다.

—띠링! 궁수 유저 '아렌'이 친구 요청을 걸어왔습니다.

—둔갑의 술 상태이기에 저들에게는 당신의 아이디가 가명인 '샤린'으로 등록됩니다.

"그럼 부디 인연이 있다면 만날 수 있겠죠. 그러니 어서 달아나십쇼. 샤린 님!"

"그, 그럼 죄송합니다. 친구 요청, 승낙!"

유난히 인연을 운운하는 리베토다. 친구 요청을 했으니 귓속말은 언제든지 가능한데 말이다.

어찌 됐든 드란은 잽싸게 뒤로 도망쳤다. 어차피 이용하기 위해 만나게 된 이들이다. 더구나 자신의 모습에 반해서 온 것이지. 만약 자신의 몬스터 상태에다가 본래의 모습으로 있었다면 당장이라도 칼을 빼 들고 자신의 배를 찌르고도 남을 이들이기에 드란으로서는 그들을 걱정해 줄 이유 따위가 없는 것이다.

"둔갑의 술, 해제!"

퍼엉—!

해제를 외치자 둔갑의 술을 사용할 때 나왔던 뭉글뭉글한 안개가 엘리스의 모습을 한 드란을 감싸들기 시작하였다. 그리고 안개가 사라지고 본래의 모습인 드란으로 돌아와 있었다.

하지만 드란은 거기서 멈추지 않고 잽싸게 나뭇잎을 다시금 머리 위에 올리고 앞발을 모았다.

"둔갑의 술!"

역시나 안개가 나왔고 드란의 몸을 감쌌다. 그리고 안개가 사라진 곳에는 인간의 모습이 아닌 도마뱀의 형상을 한 리자드맨 한 마리가 코를 벌름거리며 서 있었다.

"신기하군. 리자드맨이 되다니."

드란의 자신의 꼬리를 만지작거리며 눈을 희번덕였다. 물론 모습만 리자드맨일 뿐 실질적으로 리자드맨의 스킬들을 사용할 수는 없지만 말이다.

하지만 구경은 나중에 하고 급한 불부터 꺼야 하는 자신이다.

리자드맨이 된 드란이 커다란 초록빛 도마뱀 꼬리를 흔들며 리자드맨 히어로가 있는 곳으로 향했다.

약 1분 정도 뛰어가자 리자드맨 히어로와 대치 중인 리베토 일행의 모습이 보였다. 그런데 로그 유저인 레스는 사망했는지 모습이 보이지 않았고 리베토와 아렌만이 숨을 헐떡이며 리자드맨 히어로의 공격을 수비하고 있었다.

"젠장! 역시 45레벨의 영웅 몬스터인가!"

"어째서 보스 몬스터가 아닌 영웅 몬스터가 이곳에 온 거냐고!"

스악—!

고래고래 소리치던 리베토와 아렌의 목이 그대로 하늘로 떠올랐다.

목과 몸이 분리된 리베토와 아렌의 몸이 그대로 회색빛으로 물들자 드란이 황급히 뛰어갔다.

"간 섭취!"

유저도 간이 있다. 그것도 보스 몬스터에 상응하는 효과를 내는 생간이 말이다.

아슬아슬하게 도착한 드란이 리베토와 아렌의 뱃속으로 손을 집어넣고는 생간을 꺼내어 잽싸게 인벤토리 안으로 집어넣었다.

"크륵, 뭐하는 거냐?"

그런 드란의 행동에 막 세 명의 유저를 로그아웃시킨 영웅 몬스터 리자드맨 히어로가 고개를 갸웃거리며 물어왔지만 다행히 자신이 꺼낸 생간은 보지 못한 듯 보였다.

드란은 있는 대로 오만상을 찌푸리며 말했다.

"크륵, 이들은 히어로이신 당신을 공격한 자들. 죽음 정도로는 가당치 않습니다."

"크륵, 그런가? 왠지 아부로 들리지만 기분은 매우 좋군. 크륵크륵크륵!"

"크륵, 그러신가요?"

대화를 풀어 나간 드란에게 리자드맨 히어로가 자신의 이름을 가르쳐 주었다. 신기하게도 몬스터에게는 각자의 이름이 존재했다는 것이다. 물론 유저들에게는 특이한 몬스터를 제외한 몬스터들에게는 종족의 이름만 적혀져 있을 뿐이다.

"크륵, 그렇군. 그러니 드륵은 전투를 치르는 나의 모습을 보고 도우러 왔으나 이미 도착한 후에는 모든 전투가 끝났기에 죽은 자의 시체라도 유린했다는 것이냐?"

"크륵, 그렇습니다. 하륵 님."

리자드맨들의 이름은 뒤에 륵이 붙었기에 드란은 자신의

가명을 드륵으로 설정했다.

"크륵, 고맙다. 드륵이여. 좋아, 일단 우리들의 마을로
가자."

▾▾

리자드맨들은 오크들 같은 몬스터들과는 다르게 약간의
지성을 가진 몬스터이다. 드륵은 리자드맨으로 도착한 후
입을 벌릴 수밖에 없었다.

"하륵, 정말 굉장하군요."

리자드맨들의 마을은 드란의 말대로 정말 굉장했다. 인간
의 말과 같이 리자드맨들에게는 리자드 보어라는 동물형의
통통한 모습을 가진 도마뱀이 있었는데, 평소에는 둔하다가
한순간 엄청난 속도를 내는 굉장한 녀석이다. 더구나 몸집
도 말과는 비교도 안 될 정도로 크기에 웬만한 작은 동물은
입속에 한순간 꿀꺽이었고, 또 입에서는 제법 강한 불을 내
뿜었다.

정말로 가지고 싶은 몬스터이다.

쿵쿵, 할짝.

마을을 돌아다니던 리자드 보어가 드란에게 가까이 와서
냄새를 맡더니 리자드맨의 냄새로 인식을 하고는 드란의 손
을 할짝거려 댔다.

그런 리자드 보어의 모습에 드란이 귀엽다는 듯 쓰다듬어

주었다.

"쿠화아악—!"

리자드 보어가 드란의 손길에 기분이 좋다는 듯 약한 불길을 내뿜었다.

또 여기서 신기한 점이 있었는데, 이 리자드 보어라는 몬스터는 오직 리자드맨의 말만 따른다고 한다. 더구나 딱히 주인이 정해져 있지 않기에 마을 곳곳에 풀어져 있었고, 리자드맨의 마을을 벗어나지 않았다.

"크륵, 리자드 보어가 드륵이 마음에 들었나 보군."

"크륵, 하하, 이거 봄 둘 바를 모르겠군요."

이후로 리자드맨 히어로인 하륵은 갑작스럽게 온 리자드맨 한 마리에게 귓속말을 듣더니 잽싸게 어디론가 사라졌다. 옆에서 듣기로는 같은 리자드맨이 유저들에게 공격을 받으니 도움을 요청하는 듯했다. 참 바쁘기도 한 영웅 몬스터인 리자드맨 히어로다.

캉— 캉—

그런 드란의 눈에 또 신기한 게 띄어 왔다. 바로, 망치를 쥐고는 마치 대장장이처럼 무기를 제작하는 리자드맨의 모습이다.

"크륵, 마음에 드는 게 있나? 필요하다면 고기 내놔라."

무기를 제작하기 위해 망치를 두드리며 말하는 리자드맨의 모습에 드란이 잽싸게 말했다.

"크륵, 이건 필요 없나?"

드란이 골드를 내미는 모습에 리자드맨이 얼굴을 찡그렸다.

"크륵, 장난하나? 이런 작은 양의 금속 덩어리로는 제대로 된 무기를 제작도 못한다. 그러니 이런 쓰레기는 됐고, 고기나 내놔라."

"크륵, 여기 있다."

드란은 그동안 사냥으로 얻어낸 전리품들 중에서 늑대 고기와 오크 고기를 꺼내어서 주었다. 물론 리자드맨의 고기도 있었지만 아무리 고기를 좋아하는 리자드맨이라도 동족의 고기는 먹지 않을 거라는 생각에 꺼내지 못했다.

드란이 내미는 고기를 받아 든 리자드맨이 흡족한 미소를 지으며 말했다.

"크륵, 맛있는 늑대 고기와 양이 풍족한 오크 고기로군. 좋다, 마음에 드는 물건 2개만 집어 가라."

"크륵, 고맙다."

드란이 싱긋 미소를 짓고는 대장간의 물건을 살폈다.

'와우! 이거 정말 몬스터가 만든 거 맞아?'

아이템의 옵션을 확인하던 드란이 환호성을 터트렸다. 대장간의 물건들은 웬만한 인간 마을들에 비해 뛰어났다. 몬스터가 만들었다고는 상상도 하기 힘들 정도로 말이다.

드란은 그런 리자드맨의 대장간에서 쓸 만한 아이템으로 무기 2개를 골랐다.

드란이 고른 무기는 이러하다.

리자드 언월도(마법 A)

리자드맨이 자신의 이빨과 순도 높은 철광석을 적절히 섞어서 제작된 언월도. 크기에 비해 날렵하게 휘두를 수 있게 제작된 형태이기에 무척이나 효율성이 좋다. 단, 리자드맨들의 체형에 따라 만들어졌기에 크기가 제법 큰 편이다.

내구력:70/70　　공격력:25∼38

사용 제한:힘 40 이상, 민첩 40 이상

옵션:힘 +5, 민첩 +5, 공격 속도 ─10%

크기가 제법 큰 편이지만 바스타드 소드보다 조금 큰 정도이다. 더구나 날이 무척이나 날카롭기 때문에 데미지가 좋을 듯하다. 그리고 무엇보다도 드란은 자신의 손에 맞도록 쌍검으로 사용하기 위해 리자드 언월도를 2개 선택했다.

우두머리 늑대의 송곳니를 팔아 봤자 고기밖에 안 받을 거라는 생각에 드란은 이것의 처분은 인간의 마을에서 하자고 마음먹고는 리자드 언월도를 허리에 장착시켰다.

그러면서 막 마을을 더 구경하던 드란에게로 한 가지 소식이 들려왔다.

"크륵, 그러니까 고블린 부대들이 이곳으로 쳐들어온다고 했나?"

"크륵, 그렇다."

고블린은 작디작은 소형 몬스터로 그 힘은 어린아이밖에

미치지 않으나 자주 무리를 이루어 다녔으며, 또한 별별 독을 섞어서 제작한 맹독을 바람총 같은 막대나 대롱으로 공격을 가해 오는 아주 독종 같은 녀석들이다.

그런데 그런 고블린들이 리자드맨 마을을 공격한다?

어림도 없는 일이다. 리자드맨의 전투력으로 보았을 때 고블린들은 떼죽음을 당할 것이 뻔하고도 뻔하니 말이다.

"크륵, 고블린들이 미친 건가 보군."

"크륵, 자네 고블린이랑 처음 싸워 보나? 요즘 고블린들은 평소답지 않네."

제4장

리자드맨 마을의 위기

"크륵, 평소답지 않다니?"

질문하는 나에게로 리자드맨 한 마리가 아주 친절하게도 설명해 주었다.

요는 이러하다. 어떤 한 고블린 마을 부족에서 고블린 킹이라는 몬스터가 태어났다는 것이다. 처음에는 고블린이 거기서 거기라며 무시했지만 고블린 킹은 절대 무시할 수가 없는 존재였다.

고블린 킹은 태어났을 때부터 지식이 뛰어났으며 무척이나 영악했다. 주변의 고블린 마을에서 홉 고블린과 고블린 헌터들을 교묘하게 유혹해서 자신의 마을 사람들로 만들었으니 말이다.

더구나 많은 마을 부족들을 규합시키는데 성공했기에 지

금 고블린들이 가진 힘은 무척이나 막대하다고 한다.

"크륵, 그럼 난 이만 전쟁의 준비를 해야겠군."

리자드맨은 설명을 짧게 요약해 주고는 군장비들을 챙기기 위해 집 안으로 들어갔다.

주변을 살펴보니 리자드맨들은 전쟁 준비를 위해 마구 뛰어다니고 있다.

군장비들을 장착하는 리자드맨들부터 리자드 보어에 탑승을 한 리자드맨, 그리고 투창을 집어 든 리자드맨까지 아주 각양각색이었다.

'이거 어떻게 해야 한다.'

자신은 어차피 둔갑의 술로 리자드맨의 모습을 하고 있을 뿐이다. 마을을 중요시 여길 필요가 없는 것이다.

그렇게 막 고민하던 드란에게로 순간 퀘스트 알림음과 함께 정보창이 떠올랐다.

리자드맨 마을의 위기!(몬스터 전쟁 퀘스트)

리자드맨 마을은 대대로 전투력이 뛰어난 리자드맨들에 의해 다른 종족들에게 밀리지 않고 그 맥을 이어나가고 있습니다. 하지만 지금, 고블린 킹이 태어난 고블린 마을로 인해 멸망의 위기에 놓여 있습니다. 영웅들이여, 마을을 지키시어 크나큰 보상을 얻는 영광을 누리시겠습니까?

《〈난이도:C, 퀘스트 제한:리자드맨〉》

'이런 것도 퀘스트로 존재하다니…… 대단하다, 리펙터 월드.'

리펙터 월드의 현실감에 감탄하면서 드란은 피식 미소 지었다.

"오케이, 승낙!"

전쟁이라면 필히 죽어나는 몬스터들이 한 바가지 일터, 드란 자신으로서 전투보다는 후에 남는 몬스터들의 간을 섭취하거나 전투 중 드랍된 아이템들을 습득하는 것이 더욱더 좋았다. 더구나 위험에 빠진다면 냅다 고블린으로 둔갑을 하면 되는 일 아닌가?

드란이 사악하게 입꼬리를 올렸다.

▼

"크륵, 용맹한 리자드맨들이여, 우리들의 마을을 지키자!"

"우워어어어—! 크륵크륵크륵!"

영웅 몬스터 리자드맨 히어로 하륵의 외침에 리자드맨들이 기괴한 소리를 내며 손을 마구 흔들었다.

수십에서 수백 마리의 리자드맨이 소리를 내지르는 모습은 가히 장관이다.

드란은 참고로 후방에 있다.

드란은 후방에서 아이템이나 간이나 수집할 생각이다. 참으로 교묘한 생각이 아닐 수 없다.

약간의 시간이 흐르자 끼에에엑이라는 듣기 거북한 소리가 나며 리자드맨 마을을 공격해 오는 고블린들이 보였다.

'개떼군.'

드란의 말대로 가히 고블린들은 개떼였다. 심지어 앞에서 뛰다가 고꾸라진 고블린들은 그대로 동료 고블린들에게 짓밟혀 피 떡이 되어 버릴 정도이니 말이다.

"쿠화아악—!"

제일 먼저 기동성이 뛰어난 리자드 보어들이 등에 리자드맨들을 태운 채 매섭게 불을 내뿜으며 돌진했다.

끼에에엑—!

처음으로 리자드 보어의 내뿜어진 불들에 최전방에 있던 고블린들이 고통에 겨운 비명을 내지르며 노릇노릇하게 구워졌다. 그리고 이후 투창을 쥐고 있는 리자드맨들이 고블린들에게 무차별적으로 투창을 투척했다.

푸푸푸푹!

기다랗고도 날카로운 투창, 최소 한 개의 투창에 2~3마리의 고블린들이 꿰여서 그대로 생을 마감했다.

"크륵, 승리를 위해!"

하지만 고블린들은 만만치 않았다.

뒤돌아서 후퇴하는 리자드 보어와 리자드맨들에게로 수많은 바람총이 쏘아지며 리자드맨들과 보어에게로 수없이 명중시켰다.

"크르르륵!"

총 50여 마리씩 출진한 리자드 기병대는 10여 마리를 잃고 40여 마리만이 돌아왔다. 그리고 쓰러진 10여 마리의 리자드 기병대들은 몰려오는 고블린들에 의해 이미 가려진 지 오래이다. 필히 깔려죽었음은 안 봐도 비디오요, 불 보듯 뻔한 일이다.

"크륵, 용서치 않는다!"

리자드맨 히어로 하륵이 눈을 붉히며 손에 쥔 거대한 장검을 아스러질 정도로 쥐어들었다. 그 모습이 금방이라도 고블린에게로 튀어나갈 듯해 보였다.

"크륵, 잠깐만 기다리십시오!"

드란이 뛰어가서는 금방이라도 돌진을 할 듯해 보이는 하륵을 말렸다. 이대로 돌진하면 필히 리자드맨들이 패배할 것이 안 봐도 뻔했다.

"크륵, 무엇을 기다리라는 건가?"

"크륵, 지금 이대로 갔다가는 필히 백전백패입니다. 혹시 리자드맨들 중에 원거리 공격을 하는 이들이 있는지요?"

"크륵, 우리 용맹스러운 리자드맨들은 활 따위의 저급한 무기 안 쓴다. 하지만 원거리 공격이라면 투창을 잘 다루는 리자드맨들이 있다."

드란이 고개를 끄덕였다.

"크륵, 일단은 투창을 잘 다루는 리자드맨들로 앞의 고블린에게 투척하라 명하십시오. 그리고 용맹한 리자드맨 전사들은 몰려오는 고블린들을 입구에서 막아 주며 버티는 것입니다."

"크륵, 그게 무엇이냐?"

하륵이 뭔 소리냐는 듯 고개를 갸웃거렸다. 그로서는 전쟁에서 무조건 기병으로 공격을 가해서 진형을 흐트러트린 다음, 그대로 돌격하는 방식을 주로 사용했다. 아니, 정확히는 그 방법밖에 몰랐다고가 맞는 말이다.

"크륵, 알았다. 너의 방법을 사용해 보도록 하지, 드륵."

하륵이 드란을 믿음직스럽게 바라보다가 고개를 돌려 리자드맨들에게 명했다.

"크륵, 투창을 잘 다루는 리자드맨들은 마을 위로 올라가서 투척을 하고 전사들은 입구를 막아 버틴다! 그리고 기마병들은 후방에서 대기하도록 해라!"

"크륵, 명령대로 한다!"

"크륵, 투창을 준비해라! 대장장이 리자드맨들은 전부 투창을 제작해라!"

명령이 내려지자 가히 광속도에 가까운 속도로 리자드맨들이 움직이기 시작했다. 역시 전투에 대해서는 무척이나 익숙한 종족이다.

하륵의 명령에 대장장이들은 자신들이 가진 철들을 녹여 투창촉을 만들어 내 투창을 제작하기 시작했다. 심지어는 철들이 떨어지자 대장장이들은 눈물을 짜내면서 자신들의 이빨을 뽑아 촉으로 사용했다.

이윽고 수많은 투창들이 빠르게 완성되었고, 많은 리자드맨들이 투창을 쥐어들고는 사다리를 타서 위로 올라갔다.

"크륵, 준비 발사!"

푸푸푸푸푸푹!

기병들이 집어던진 것과는 차원이 다른 양의 투창들이 발사되었고, 그에 수많은 고블린들이 고통에 겨운 비명을 내지르지도 못한 채 그대로 즉사했다.

다시금 리자드맨들이 투창을 쥐고 계속해서 던지자 고블린들의 수는 빠르게 줄어들기 시작했다.

"크륵, 좋았어. 다들 힘내자!"

드란이 실실 미소를 지으며 리자드맨들을 독촉했다. 아마 이 전투가 끝나면 리자드맨들이 지든 이기든 간에 드란은 전투에서 얻어낸 전리품들을 대량으로 얻어내는 것은 물론이요, 또 간도 섭취할 수 있다.

챙— 챙—

한편 고블린들도 지지 않겠다는 듯 입구로 몰려오기 시작했다.

하지만 키 작은 고블린들은 자신들의 2배에 달하는 키를 가지고 있는 리자드맨 전사로 인해 속수무책으로 도륙당했다.

"끼에에에엑—!"

그러자 고블린들의 진영에서 귀를 울리는 소리가 퍼지더니 고블린들의 진영이 변형되기 시작했다.

몇몇의 고블린들이 앞세워 자그마한 방패를 들어 올리며 투창들을 방해해 나갔지만 투창은 그런 고블린들의 노력을 무시하듯 방패를 손쉽게 뚫고는, 방패를 쥐고 있는 고블린을 뚫었다. 그래도 하나 이득점이 있다면 2~3마리를 꿰뚫던 투창이 방패로 인해 관통력이 줄어들어 방패를 쥔 고블린들만 죽일 수 있다는 점이었다. 즉, 방패를 가지고 있는 고블린들은 버리는 카드다.

"끼에에에엑—!"

다시금 소리가 울려 퍼지자 고블린들 중에서 상당수들이 바람총을 입에 물고는 가지가지의 독이 묻혀져 있는 독침들을 발사해 댔다.

"크르륵!"

한두 발의 독침이라면 자연적으로 해독이 되는 리자드맨들이지만 그것이 수십 발이 넘어가자 버틸 수 없는 듯 비틀비틀거리다가 마을 위에서 굴러 떨어졌다. 그리고는 몸이 뻣뻣하게 굳어진 리자드맨들도 있고, 그대로 즉사해 버린 리자드맨들도 있었다.

"크륵, 용서치 못한다!"

죽어 가는 리자드맨들의 모습에 분노한 하륵이 양손검을 쥔 채 고블린 진영으로 뛰쳐나갔다.

'저, 저런 미친!'

드란이 그 모습에 혀를 끌끌 찼지만 이내 자신이 혀를 찬 것을 한심하게 생각할 수밖에 없었다.

영웅 몬스터가 괜히 영웅 몬스터인가?

강함을 보여 주겠다는 듯 하륵이 처음으로 양손검을 두 손으로 잡더니 몸을 빙글빙글 돌리기 시작했다.

"크륵, 블레이드 스톰!"

"끼에에에엑—!"

하륵이 검의 폭풍을 일으키며 몸을 돌리자 고블린들의 몸 이 수수깡이 부러지듯 손쉽게 절단되며 그대로 절명해 버렸 다.

자신의 주변 몬스터들을 가득 죽이는 기술이라 가히 사기 적인 기술이나 다름없다.

붕붕붕—

이윽고 하륵의 블레이드 스톰이 풀리자 하륵은 뒤로 돌아 재빨리 마을로 후퇴했다. 물론 가면서도 자신에게 접근해 오는 고블린들을 몇 마리 도륙함은 물론이고, 날아오는 독 침들도 쳐 냈다.

"크륵, 헉헉. 간만에 힘을 쓰니 몸이 좀 뻐근하군."

"크륵, 대단하십니다. 역시 히어로. 하륵 님이십니다!"

리자드맨들이 만세를 부르짖어 댔다.

얼떨결에 드란 역시 입을 쩍 벌리고는 박수를 쳤다. 정말 이지 괜히 영웅 몬스터가 아닌 것 같다. 한순간의 기술로 고블린들 수 백을 그대로 도륙해 버리다니…….

"끼에에에엑—! 용서치 못한다. 하륵! 네놈의 뼈와 살을 분 리해서 씹어 먹어 주마!"

고블린 진영에서 다시금 소리가 울려 퍼지며 작은 몸을 가진 고블린들과는 다르게 몸집이 아주 약간 크며, 몸 뒤에 여러 작은 투창들이 끼워져 있고, 몸 주변 주변마다 탄탄해 보이는 방어구들을 부착시킨 한 고블린이 나타났다.

위로 뜬 이름이 고블린 킹 돌고라고 적혀 있는 것으로 보아 저 녀석이 바로 이 전쟁을 일으킨 장본인인 고블린 킹임을 짐작할 수 있었다.

"하륵! 감히 우리 동족들을 살해하다니. 절대 용서치 않는다. 홉 고블린과 고블린 헌터들이여! 리자드맨들에게 그대들의 위엄을 펼쳐 보여라!"

"끼에에엑—! 저희만 믿으십시오. 돌고 님."

"끼에엑—! 돌고 님의 신뢰에 보답하겠습니다."

돌고의 외침에 약 20여 마리의 고블린들이 나왔는데, 그들의 모습은 다른 평범한 고블린들에 비해 무척이나 특이했다. 정확히 절반으로 나뉘어져서 10여 마리로 이루어진 그들 중에 왼쪽 측은 온몸이 새빨간, 마치 피에 미친 광란의 투사와도 같은 모습이었고 오른쪽 측에는 기다란 바람총을 입에 고정시켜 놓아, 마치 모기처럼 생긴 고블린들이 있었다. 듣자 하니 왼쪽은 홉 고블린이고 오른쪽 측은 고블린 헌터로 불리는 듯하다.

"끼에엑—! 모여라 고블린들이여!"

끊임없이 날아간 리자드맨들의 투창과 하륵의 블레이드 스톰으로 거의 전멸 직전까지 간 고블린들이 돌고의 외침에 모여늘었다.

"끼에엑—! 출진이다!"

"끼에에엑—!"

돌고의 외침을 끝으로 홉 고블린과 고블린 헌터, 그리고 고블린들이 혀를 내민 채 소리를 내지르며 마을로 향해 돌진해 왔고, 그 흉흉한 고블린들의 모습에 리자드맨들도 긴장을 하며 검을 쥐어 들었다.

"크륵, 용맹한 리자드맨 전사들이여 전쟁의 축제다! 마음껏 실력을 뽐내어라!"

"우워어어어—! 크륵크륵크륵!"

리자드맨 진영 측에서도 하륵의 외침이 울려 퍼지며 사기를 올렸다.

"끼에엑—! 하찮은 도마뱀들! 이 독침 맛을 봐라!"

투투투투투!

가히 속사포와 같은 속도로 고블린 헌터들이 독침을 발사하자 리자드맨들은 독침들을 쳐 내느라 바빴다. 더구나 홉 고블린들은 크기도 작으면서 일반 고블린들에 비해 10배에 가까운 힘과 스피드를 뽐내며 리자드맨들을 약 올리듯이 괴롭혀 댔다.

"크륵, 이런 고블린들 따위가! 용맹한 리자드맨들의 땅을 넘보다니! 오늘이 너희들의 제삿날이다!"

하륵이 호탕하게 소리를 내지르며 리자드맨에게 달려드는 홉 고블린 한 마리를 그대로 두 동강 내 버렸다.

"끼끼끼. 하륵! 내 상대는 나 돌고가 해내겠다. 덤벼라! 도마뱀!"

"크륵, 돌고! 하찮은 고블린 주제에 덤비겠다니. 참으로 가소롭구나. 좋다. 덤벼라!"

돌고가 뒤에 꽂힌 작은 투창을 꺼내 하륵에게 집어던졌으나 하륵은 가볍게 피해 내며 돌고를 비웃었고, 되려 돌고가 하륵을 비웃음을 날리며 몸의 팔을 휘둘렀다.

휘리리릭—!

그러자 신기하게도 돌고가 장착했던 갑옷들 중에 팔에 장착된 견갑에서 칼날이 튀어나오며 하륵을 향해 날아갔다. 하륵이 그 모습에 눈을 퍼뜩이며 칼을 휘둘러서 튕겨 냈다.

마음만 먹었다면 피할 수는 있었지만 그랬다면 필히 뒤에 있던 리자드맨들에게 피해가 갈 터이니 충격이 조금 오더라도 튕겨 내는 방법을 택한 듯하다.

"크륵, 비겁한! 신성한 전투에서 그런 얄팍한 기술을 사용하다니! 역시 영악하기로 유명한 고블린답구나!"

"끼끼끼. 마음껏 비웃어 보아라. 역사에는 오직 승리한 자가 정의요, 실패한 자가 악일 터이니! 자 받아라! 라이징 컷!"

스스스슥!

돌고가 허리춤에 장착된 작은 단검을 꺼내어서 그대로 하륵을 향해 위로 그어 버리려 했지만 그것은 다행히 하륵의 재빠른 칼의 대처로 위기로 모면할 수 있었다.

하륵이 막 한숨을 내쉬려던 사이 돌고가 다시금 비웃음을 입에 담았다.

"끼끼! 방심은 금물이지! 받아라!"

투투퉁!

돌고가 입을 벌리자 그곳에서 독이 발린 독침들이 쏘아졌다.

"크으윽!"

"끼끼, 그것은 나의 분비물을 섞어서 제조한 극독의 마비독이다. 아마 1시간은 몸이 뻣뻣해져서 온몸에 나른해지겠지. 끼끼, 하륵. 넌 결국 날 이기지 못했다. 자, 지금 내 손으로 네놈의 숨통을 끊어 주마!"

우웩, 더럽다. 분비물을 입에 넣고 다닌다는 소리가 아닌가? 하지만 그만큼 위험한 무기가 바로 독침이다. 한순간의 전투의 방향을 그대로 바꿔 낼 수가 있는 무기이니 말이다.

하륵이 눈이 터질듯 부릅뜨며 돌고를 노려봤지만 몸은 이미 자신의 통제를 벗어난 상태이다.

그 모습에 돌고가 다시금 비아냥거리며 단검을 하륵의 몸에 막 꽂아 넣으려는 중, 돌고의 고개가 따귀를 맞은 듯 재빠르게 뒤돌아보았다.

"뭐냐! 네놈은!"

"하륵을 놓아주지 못할까!"

"하륵을 놓아주지 못할까!"

드란이 리자드맨 상태로 양손에 언월도를 쥔 채 돌고를 노려보았다.

"끼끼끼, 이거야 원. 한낱 병사 따위가 나 돌고에게 시비를 걸다니! 네놈의 목이 달아날 터이다!"

돌고 역시 양손에 단검을 쥔 채 그대로 드란을 향해 뛰쳐나갔다.

그 모습에 드란이 재빨리 손을 모았다.

"웃기는군. 노릇노릇하게 구워 주마! 불의 숨!"

화르르륵—!

드란의 입에서 불이 방출되며 돌고에게 매섭게 뿌려지자 돌고가 당황했다.

"리, 리자드맨 샤먼인가?!"

리자드맨 샤먼. 리자드맨 히어로와 같이 쌍방을 이루는 영웅 몬스터로서 마법이 아닌 주술을 쓰는 리자드맨으로, 태어나는 수가 극소수로 알려지는 분류이다. 더구나 이 리자드맨 샤먼의 무서움은 주술이 아니다.

진정 무서운 것은 바로 리자드맨 샤먼이 가진 신통력! 리자드맨 샤먼은 자신이 속한 부족이 위기에 빠지면 자신을 희생해 마계의 마수를 불러 낼 수 있는 힘을 지니고 있다. 그리고 그 마계의 마수가 지닌 힘은 상상을 뛰어넘으며 그렇게 불려진 마계의 마수는 오직 리자드맨 샤먼의 혼을 집어삼킬 뿐, 다른 리자드맨들은 결코 건드리지 않는다.

"끼에에엑—! 죽여 버리겠다!"

불의 술을 가볍게 피해 낸 돌고가 눈을 붉히며 드란에게 쏘아져 나갔다.

지금 저 리자드맨 샤먼이 마계의 마수를 불러냈다간 자신은 물론이고 병사들까지 그대로 전멸을 면치 못할 것이다.

한편 드란으로서는 뭔 소리인지도 모르는 말을 뱉어 내며 쏘아져 오는 돌고의 행동에 피식 웃음을 터트리며 손을 다시금 모을 뿐이다.

"불과 바람이 합쳐지면 그 힘은 배가 된다. 바람의 술!"

푸화아아악—!

드란의 배가 팽창되며 내쉬어진 바람의 술의 바람과 아까 전 뿜어 댔던 불의 기운이 남아져 있는 불의 술이 합쳐지자 불의 폭풍이 일어나며 돌고를 휘감아 들었다.

하지만 돌고는 재빠르게 피해 내는데 성공했고 불의 폭풍의 이펙트를 멍한 눈빛으로 바라봤다.

"끼에엑—! 마계의 마수인 것인가?!"

그 모습을 마계의 마수 소환으로 착각한 돌고가 우왕좌왕하다가 병사들에게 명했다.

"후, 후퇴하라!"

"끼에에엑—! 후퇴하라!"

수많은 고블린들이 리자드맨들을 공격하다 말고 돌고의 외침에 뒤돌아서 도망치기 바빠졌다.

그 썰물 빠지는 듯한 고블린들의 후퇴하는 모습에 드란이 어리벙벙한 표정을 짓다가 재빨리 소리쳤다.

"크륵, 리자드맨 기병대들이여! 도망치는 고블린들을 도륙하라!"

"크륵, 도륙한다!"

리자드 보어에 탑승한 리자드맨 기병대들이 도망치는 고블린들을 추격하며 도륙하기 시작했다. 그 모습에 고블린들이 눈물을 찔끔 대며 미친 듯이 도망을 칠 뿐이지만 놓칠 리자드맨들이 아니다.

"쿠화아악—!"

리자드 보어 역시 자신들의 친구인 리자드맨들을 많이 죽인 고블린들을 용서치 않겠다는 듯 거세게 불을 뿜어서 고블린들을 태워 죽여 댔다.

그렇게 리자드맨 기병대들이 깊숙이 들어가려 하는 모습이 보이자, 드란이 위험하다고 소리치려 했다. 그런데 어떻게 알았는지 그대로 리자드 보어는 뒤로 돌려 돌아왔다. 역시 전투를 많이 해 본 만큼 더 깊이 들어가는 것은 자살행위라는 것을 리자드 보어와 리자드맨들도 본능적으로 아는 듯했다.

'휴, 끝난 건가.'

드란이 이마에 가득 찬 땀을 흘기며 리자드 언월도 두 개를 허리춤에 꽂아 넣었다.

"크륵, 괜찮나, 하륵?"

그리고서는 누워 있는 그대로 쓰러져 있는 하륵에게 가서 괜찮으냐는 듯 물어왔고, 하륵은 갑작스럽게 눈물을 쏟아 냈다.

▼

"크륵, 리자드맨 샤먼이었다니……. 역시 작전을 짜낸 그 머리부터가 심상치 않았더니만. 우리의 종족을 빛내기 위한 신의 계시였구나!"

마비독에서 풀려난 하륵은 용맹스러운 그답지 않게 눈물을 짜내며 드란의 손을 잡고 울어 댔다. 불의 술과 바람의 술, 그리고 마지막으로 그 둘이 합쳐져서 나타난 불의 폭풍을 굳어진 몸으로 똑똑히 바라본 하륵이다.

리자드맨들은 타고난 전사이다. 그리고 그만큼 머리가 좀 안 좋고 마법은 부릴 줄도 모른다. 그런데 리자드맨이 마법을 부린다? 이것은 바로 리자드맨 샤먼의 증표가 아니던가?

그러니 하륵으로서는 드란을 무척이나 소중한 존재로 여길 것이 분명한 것이다.

'이거 심상치 않은데.'

아니나 다를까, 하륵은 드란이 떠난다고 했다가는 절대 보내지 않겠다는 듯한 굳건한 의지가 그대로 나타난 얼굴을 하고 있었다.

그렇게 고민하던 드란은 일단 퀘스트의 보상과 전투에서

얻은 전리품들을 확인해 보았다.

홉 고블린 단도(마법 A)

특이 몬스터 홉 고블린이 자주 쓰는 단검으로 주로 칼 끝 부분에 맹독을 묻혀서 사용한다. 맹독이 칼날에 깊게 배여 있기 때문에 일정 확률로 상대를 즉사시킬 수도 있다.

내구력:40/40　　공격력:17~29

사용 제한:민첩 70 이상

옵션:민첩 +5, 공격 속도 +20%, 1%의 확률로 적을 즉사시킨다.(보스 몬스터나 특이 몬스터에게는 1/4의 확률로 적용된다.)

고블린 헌터 바람총(마법 A)

특이 몬스터 고블린 헌터가 자주 쓰는 무기로써 주로 입에 장착하여서 사용하는데. 입으로 불 때마다 나아가는 독침의 양이 거의 엄청나기에 원거리 무기로써는 최고라고 자부할 수 있다. 단, 독침들을 재장전할 때 시간이 무척이나 길기 때문에 큰 전투에는 효율성이 그렇게 좋지 않다.

내구력:50/50　　공격력:5~10

사용 제한:민첩 70 이상

옵션:민첩 +5, 공격 속도 +50%, 1%의 확률로 적을 마비시킨다.(보스 몬스터나 특이 몬스터에게는 1/4의 확률로 적용된다.)

뭐 대충 좋은 아이템은 이러하다. 각각 한 개씩 드랍된 이 무기들이 전투의 가장 큰 보상이라고 할 수 있다. 더구나 그밖에도 일반 고블린들이 떨군 수많은 잡템형 아이템들과 가방에 잔뜩 쌓인 고블린들의 생간들(차마 리자드맨 앞에서 리자드맨의 간을 뽑아낼 수는 없었다).

그리고 마지막으로 하나 더······.

"이런 게 나올 줄이야."

드란이 피식 미소 지으며 퀘스트 보상 아이템을 확인했다.

리자드맨의 증표(특수)

당신은 리자드맨들과 전혀 상관이 없는 구미호의 일족, 하지만 리자드맨을 도움으로서 그들에게 인정을 받았습니다. 이 증표를 몸에 달고 있을 때 리자드맨들은 당신이 어떠한 모습임에도 불구하고 동료로 맞이할 것이며, 당신의 도움 요청을 언제든지 받아 줄 것입니다.

내구력:—

사용 제한:—

옵션:모든 리자드맨들과의 친밀도 +100%

제5장

삼미호 우포

"으랏차!"

캡슐의 문이 열리며 이미호라는 직업이 걸려 버린 행운이자 비운의 주인공인 성진이 기합을 내지르며 캡슐 안에서 몸을 빼내었다.

그리고는 재빠르게 자신의 구식형 핸드폰, 일명 공폰이라 불리는 핸드폰을 열어 시간을 확인해 보았다.

PM 9:28.

자신이 들어간 시간이 대략 학교가 끝난 바로 직후인 오후 5시경으로 보았을 때 정확히 흐른 시간은 4시 28분. 가상현실 리펙터 월드는 현실 세계에 비해 시간이 1/4로 흐르니 자신은 무려 17시간 52분이라는 시간 동안 게임을 한 것이다.

정말로 게임이 사람 망친다더니……. 뭐 여하튼, 성진은 고개를 저으며 캡슐의 부착된 기능 중 하나인 컴퓨터를 사용했다.

삐빅—

컴퓨터 달걀형 특수 유리에 붙여 있는 노란색 단추를 꾹 소리가 나도록 누르자 캡슐이 소리를 내며 변형되더니 캡슐의 오른쪽 부분에서 최신형 컴퓨터가 튀어나왔다.

성진은 컴퓨터를 잽싸게 킨 다음 게임을 소개 받으면서 기택이가 한 말을 떠올렸다.

"지금 가상현실 게임이 엄청나다니까! 마법급 아이템 하나가 50만 원이나 나감은 물론이고 또 운 좋게 레어급이 드랍되면 그대로 300여만 원은 버니까, 인생 대박인 거지!"

기택의 말에 의하면 그런 아이템들은 거래 사이트라는 곳에서 거래가 이루어지며 소량의 수수료를 받고 한다고 한다.

성진은 수많은 아이템 거래 사이트들 중 수수료는 제법 센 편에 속하지만 안전하기로는 유명한 곳으로 들어가 보았다.

아이템 거래 사이트에 들어간 성진은 일단 아무거나 클릭해서 둘러보기 시작했다.

—5만으로 노말 S등급 아이템 아무거나 삽니다.

—방어력 빵빵한 철갑류나 판금류 사 봐요. 가격은 아이템의 상태를 보고 결정합니다.

—사린의 이어링 구해 봅니다. 가격은 상담 후 결정합니다!

물품들을 구경하면서 성진은 벌어진 입을 닫을 수가 없었다. 노말 S등급 아이템이 5만 원이라면 자신이 가지고 있던 우두머리 늑대의 송곳니가, 즉 5만이라는 소리가 아니던가?

더구나 이후로 본 곳에는 골드들을 매입하는 칸이 무척이나 많았는데 1골드가 약 1만 원으로서 즉, 현실의 돈과 1:1의 비율을 가지고 있었다. 정말 기가 막혀 말이 안 나올 가격을 자랑하는 게임 아이템이다.

'뭐야…… 그럼 그 리베토가 나한테 무려 10만 원을 준 셈인가?'

리베토가 사과의 의미로 10골드를 주었으니 현실의 돈으로 10만 원을 준 셈이 된다. 이거 괜히 웃음이 나올 판이다.

"흠흠, 어찌 됐든. 어라? 이건 뭐지?"

성진의 눈에 베스트 TOP 10이라고 적혀 있으면서 아직도 경매가 유지되는 아이템들의 모습에 재미삼아 클릭해 보았다.

"미, 미친."

—베스트 TOP 1 레드 드레이크의 혼(유니크 A)
내구력:50/50   방어력:10   사용 제한:레벨 70 이상
옵션:화염 속성 물리&마법 공격력 상승, 스킬 드레이크 피어 사용 가능
경매 시작가 1,000만 원. 현재 입찰 중인 최고 가격 2,276만 원

아이템 하나가 무려 1,000만 원이란다. 아니 이건 시작가에 불과하고 자세하게 말하자면 2,200만 원이 넘는 가격이 아닌가? 더구나 성진이 보고 있는 지금에도 경매 입찰 최고 가격의 상승은 줄어들 생각이 없었다.

성진은 괜히 이런 아이템을 보고 있자니 배가 아프다는 생각에 화면을 뒤로 넘겨 자신 역시 경매에 등록하기로 했다.

—우두머리 늑대의 송곳니(노말 S)

내구력:45/45　　공격력:13~18　　사용 제한:민첩 30 이상

옵션:공격 속도 10%

경매 시작가 5만 원

—우두머리 늑대의 송곳니(노말 S)

내구력:45/45　　공격력:13~18　　사용 제한:민첩 30 이상

옵션:공격 속도 10%

경매 시작가 5만 원

—카르취의 갑옷(마법 D)

내구력:110/110　　방어력:40　　사용 제한:힘 80 이상

옵션:이동속도 —20%, 민첩—10

전사 계열일 경우 패널티는 무효화된다.

경매 시작가 40만 원

—홉 고블린 단도(마법 A)

내구력:40/40   공격력:17~29   사용 제한:민첩 70 이상

옵션:민첩 +5

공격 속도 +20%, 1%의 확률로 적을 즉사시킨다.(보스 몬스터나 특이 몬스터에게는 1/4의 확률로 적용된다.)

경매 시작가 75만원

—고블린 헌터 바람총(마법 A)

내구력:50/50   공격력:5~10   사용 제한:민첩 70 이상

옵션:민첩 +5

공격 속도 +50%, 1%의 확률로 적을 마비시킨다.(보스 몬스터나 특이 몬스터에게는 1/4의 확률로 적용된다.)

경매 시작가 75만 원

"뭐 이 정도면 되겠지?"

자신에게는 그렇게 쓸 일이 없는 아이템들을 거래 사이트에 올려 놓은 성진은 히죽 웃고는 그대로 컴퓨터를 종료시키고 냅다 누워서 잠을 청했다.

참으로 피곤하면서도 즐거운 하루였다.

▼▼

다음 날도 역시 학교를 빠르게 끝마치고 달려온 성진은

그대로 다이빙 하듯이 캡슐에 몸을 실었다.

리자드맨으로 둔갑된 드륵의 모습으로 드란이 로그인되었다.

"크륵, 샤먼 님께서 오셨다."

"크륵, 찬양하자!"

게임에 접속한 드란의 주변에 리자드맨이 기도하는 자세를 취하며 중얼거려 댔다.

'돌겠군.'

말 그대로 돌 것 같은 심정이다. 어제도 이렇게 붙어 대는 리자드맨들 때문에 로그아웃을 했던 드란이다.

리자드맨이 마법을 사용하는 게 뭐가 대수란 말인가? 더구나 또 하나 문제가 있다면 자신이 밖으로 나가려고 하면 리자드맨들이 수십 마리나 들러붙어서 가지 말아 달라고 애걸복걸해 댄다.

이래서야 원 둔갑을 풀 수도 없는 노릇이다. 자칫하면 둔갑이 풀리자마자 목이 베여 나갈 일이니 말이다.

"크륵, 샤먼 님께서 가고 싶어 하신다면 보내 드려라. 애들아."

그 모습에 하륵이 나타나서 말했다.

드란이 그 모습에 이상하다는 듯 쳐다보다가 이어지는 하륵의 말에 그러면 그렇지라는 생각을 했다.

"크륵, 대신 샤먼 님. 저희 마을이 위기에 처한다면 다시 도와주시러 와 주실 수 있습니까?"

"크륵, 당연히 올 것이다."

"크륵, 그럼 몸 조심히 가십시오."

하륵의 경례에 드란이 싱긋 미소 지으며 손을 흔들었다.

리자드맨 히어로인 하륵이 이러니 평범한 리자드맨들도 어쩔 수 없다는 듯 드란을 보내 줄 수밖에 없었고, 드란은 그렇게 리자드맨들의 마을에서 벗어날 수 있었다.

▼

"상태창 오픈!"

캐릭터 이름:드란　　레벨:29(Exp 47.72%)

칭호:영혼의 구원자

종족:이미호　　명성:0　　악명:200

상태:몬스터

생명력:610/610　　요력:710/710

만복도:100%

힘:42(37+5)　　민첩:125(120+5)　　체력:28

지혜:30　　지능:45　　행운:5

보너스 스탯:0

공격력:58~91　　방어력:36

마법 저항:무

고블린들과 전쟁을 치르면서 제법 많은 레벨 업을 할 수가 있었다. 그 덕에 26이었던 레벨에서 단숨에 3업을 할 수가 있었으니 말이다.

막 리자드맨 마을을 벗어난 드란은 다시금 인간 마을로 들어가서 로그 유저였던 레스의 모습으로 둔갑을 한 상태였다.

레스의 모습을 하고 있는 드란이 인간의 마을로 들어선 이유는 간단했다.

'인벤토리 정리.'

현재 드란의 인벤토리에는 생간 말고도 여러 가지 잡템이 수두룩하다. 비록 고기는 리자드맨 고기를 제외하고는 리자드맨 마을에서 해결했다지만 녹슨 검이나 부식된 방어구들은 아직 멀쩡하게 인벤토리의 무게 역활을 해 주시고 있다.

얼마 후 드란은 생간을 제외한 모든 아이템을 잡화점에 팔아치워 넘겨 버렸고 그 덕에 날아갈듯 가벼워짐과 함께 현돈으로 22만 원에 속하는 22골드를 벌어 낼 수가 있었다.

"이제 볼일은 끝. 자, 이번에는 어디로 가 볼까나."

드란은 인간 마을에서의 볼일이 끝나자 마을을 벗어난 후, 어느 정도 거리가 멀어지자 둔갑을 해제시켰다.

원래의 드란의 모습으로 변화되니 기분이 색다르다.

"이게 얼마 만에 내 모습이냐."

머리에 세워진 부드러운 여우 귀와 엉덩이 뼈에 자라나 있는 이미호를 상징하는 두 개의 꼬리, 바로 본래 드란의 모습이다.

드란은 살랑살랑 흔들어지는 두 개의 부드러운 꼬리로 약 5분간 장난을 치다가 일어났다.

"슬슬 갈 곳을 가 봐야겠지."

드란이 새롭게 구한 리자드 언월도를 손에 쥐고는 몬스터를 찾아다녔다.

그리고 얼마 지나지 않아 드란은 자신의 주변에서 움직임이 느껴지자 긴장감을 늦추지 않았다.

푸르륵—

이윽고 주변에 있던 수풀이 흔들리며 하나의 그림자가 튀어나왔다.

"받아라!"

드란이 리자드 언월도를 X 자로 쥐고는 그대로 내리그으려는 순간 보여 온 물체에 다급히 리자드 언월도를 멈추었다.

"사, 살려 주세요!"

"……."

드란은 굳어 버렸다.

자그마한 몸체의 물체, 7~8살 정도의 어린 소년의 모습이지만 드란이 굳은 이유는 다른 곳에 있었다.

"너 꼬리가…… 3개네?"

드란의 손이 어린 소년의 뒤에 자란 갈색 빛의 여우의 꼬리로 향해졌다.

▼

"그러니까…… 네가 삼미호라고?"

"네, 모습은 이러하지만 저 이래 봬도 꽤 고령자라고요."

삼미호로 밝혀진 어린 소년의 모습을 하고 있는 우포에게 물었다. 듣기로는 현재 우포는 자신과 같은 구미호의 일족이라고 하며, 이곳에 구미호 일족의 마을이 몰래 숨어 있다고 한다.

그리고 자신은 막 마을을 벗어났다가 천적인 웨어 울프족에게서 간신히 도망쳐 온것이라 한다.

더구나 또 놀란 것은 우포, 이 녀석이 바로 자신보다도 나이 많은 327살이라는 점이다. 신기하게도 구미호의 일족은 100살 단위로 꼬리가 하나씩 자라난다고 한다.

우적우적―

하지만 아무리 327살이라고 해도 겉모습이 어린애이니 하는 짓도 어린애다.

우포는 드란이 나눠 준 초록빛 피가 묻어져 있는 오크의 생간을 우적우적 대며 정신없이 먹어 대고 있었다.

"그런데 말이죠. 당신은 대체 누구죠? 저희 구미호 일족의 마을에는 당신 같은 사람을 본 적이 없어요. 그런데 꼬리가 2개인 모습을 보니 이미호인 듯하면서. 어째서 어린아이의 모습이 아니지? 대체 당신 정체가 무엇이죠?"

"하핫! 그게 말이지……."

랜덤 선택했더니 이렇게 됐어. 라고 말할 수는 결코 없다.

애초에 랜덤이라는 단어를 모르는 NPC들이 아닌가?

그렇게 머리를 긁적이는 드란에게로 우포가 고개를 들이밀며 킁킁 냄새를 맡았다.

"더구나 당신, 현신의 흔적이 있어. 이해가 안 되는군. 현신은 보통 오미호 이상부터 가능할 터인데. 안 그러면 부작용이 심하거든."

그렇지. 1분당 10의 영력이 소모되니 말이다.

하지만 이후 계속되는 말에 드란은 어리벙벙해졌다.

"그러니까 오미호 이하일 때, 현신을 하면 수명이 대폭 줄어들거나 사망을 한다고?"

"응, 그리고 애초에 오미호 이하일 때에는 현신이 금지되어 있어. 구미호에게 수명은 곧 힘. 더구나 구미호의 수명은 800년밖에 안 되거든."

응? 이건 또 무슨 말인가?

"그럼, 어떻게 구미호가 돼?"

우포의 말로는 자신이 327살이니 100살 단위로 꼬리가 늘어나는 구미호의 일족답게 자신은 삼미호라고 자랑해 댔다. 그런데 수명이 800년이라니? 그럼 애초에 구미호가 될 수 없다는 말이 아닌가?

"응, 사실 말이야. 우리 구미호의 일족에서 알려지기로는 오직 구미호가 될 수 있는 아홉 번째 꼬리를 얻어 내신 분은 딱 한 분뿐이라고, 우리 할아버지한테 들었어."

"그게 누군데?"

"구미호 일족의 선조이신 하포 님이셔. 내가 듣기로는 아홉 번째 꼬리에는 지옥의 힘과 하늘을 뒤엎는 힘이 담겨져 있다고 들었어."

"꼬리에도 각각의 힘이 정해져서 담겨져 있어?"

드란의 질문에 우포가 오크의 생간을 꿀떡 삼키고는 손을 내밀었다.

"생간 줘."

"여기."

드란이 생간을 내밀자 우포가 환하게 미소를 짓더니 다시금 말을 이었다.

"당신은 모르나 보네? 꼬리에는 각각의 힘이 담겨져 있어. 우선 태어날 때 얻어지는 첫 번째 꼬리, 일미호를 상징하는 첫 번째 꼬리에는 바람의 힘이 담겨져 있어. 그리고 이미호를 상징하는 두 번째 꼬리에는 불의 힘과 변신의 힘. 그리고 세 번째 꼬리에는 영계의 물질을 소환해 내는 힘과 내려치는 번개의 힘. 네 번째 꼬리에는 단단함의 힘과 역습의 힘. 다섯 번째 꼬리에는 각성의 힘과 치유의 힘. 여섯 번째 꼬리에는 차디찬 얼음의 힘과 순수한 물의 힘. 일곱 번째 꼬리에는 사나운 폭염과 폭뢰의 힘. 여덟 번째 꼬리에는 모든 이를 속여 내는 환각의 힘. 그리고 아까 말한 대로 아홉 번째 꼬리에는 지옥의 힘과 하늘을 뒤엎는 힘이 있다고 하지?"

드란은 우포의 말을 경청하며 머릿속에 정확하게 입력해 넣었다.

'모든 게 똑같다!'

우포의 말대로라면 자신이 삼미호가 되었을 때, 얻어지는 요술은 번개를 내려치는 요술이나 소환술 같은 것일 것이다.

드란은 뜻밖의 횡재에 만세를 부르짖었다.

그러던 중 생간을 맛나게 섭취하고 있던 우포의 눈이 크게 떠지더니 주변의 냄새를 킁킁 맡는 것이 아닌가?

"조심해!"

우포가 남은 생간을 입에 쑤셔 넣고는 팔짝 뛰어서 드란을 덮치고는 그대로 굴렀다.

드란이 그에 무슨 일이 있었냐는 듯 뒤를 돌아보니 바로 자신이 있던 곳에 엄청난 손톱 크레이터가 그어져 있는 것이 아닌가?

"누구냐!"

"크크크. 이거 운 없는 여우 새끼들이군. 고통 없이 보내줄 수 있었는데 말이야."

"어라? 형님. 이거 보시와요. 여우 새끼가 여우 새끼를 불렀는뎁쇼?"

드란의 외침에 두 명의 존재가 모습을 드러냈다.

'늑대 인간?'

외국 영화의 주 주제로 삼았던 늑대 인간의 모습이 흉흉하게 붉은 눈빛을 쩨리며 나타난 것이 아닌가?

몸 주변 부분에 털이 수북이 난 것으로 보아 눈을 비벼서 다시 보아도 늑대 인간이다.

"레샤, 이자는 우리의 일족이 아니다. 보내 주어라!"

"크크. 이봐, 꼬맹이 우포. 상황을 보면서 말하지?"

우포가 의외로 호기롭게 소리치자 두 마리의 웨어울프 중 유독 키가 큰 웨어울프가 코웃음 치며 우포를 비아냥거렸다.

그 모습에 화가 난 듯 우포가 앞발을 모았다.

"영계의 물체여, 나의 앞에 나타나 나의 적을 쓰러트려라! 영계 소환의 술!"

퍼엉—!

우포의 외침과 함께 뒤에 자란 삼미호를 상징하는 세 개의 꼬리에서 각각 하나씩의 초록빛 불을 내뿜는 불들을 소환해 냈다.

불들은 이리저리 돌아다니다가 웨어울프의 주변을 맴돌았다.

공포 영화에서 언제나 보았던 도깨비불 세 개가 돌아다니는 모습은 공포를 자아낼 수 있었겠지만, 웨어울프들은 그렇지 않았나 보다.

"우포, 장난하냐? 이래서 너희 구미호 일족이 쓰레기라는 거다. 핑 커터!"

쓰사삭—

레샤의 외침과 함께 도깨비불이 수십 갈래로 잘려 나가서 그대로 사라져 버렸다.

아니, 불을 자를 정도로 쾌속의 칼질이라니! 아니 손톱질인가?

그 모습에 우포가 크게 당황하다가 이내 아무렇지도 않다는 듯 앞발을 모아 들었다.

"아까 그건 봐준 거야. 내려쳐라! 번개의 술!"

콰가가강―!

하늘에서 하나의 번개가 그대로 웨어울프에게 직격으로 내려쳐졌다.

푸쉬이익―

털이 굽는 냄새가 나더니 이내 시야가 밝혀지자 씩씩대며 화를 내고 있는 웨어울프의 모습이 보여졌다.

"장난은 여기까지다. 사냥 표적! 물어뜯기!"

파바바박―

웨어울프가 엄청난 속도로 우포를 향하자 드란이 더 이상 가만히 있을 수만은 없다고 여기고는 재빨리 앞발을 모았다.

적을 날려 버리기에는 제일 효과적인 요술이있다.

"바람의 술!"

푸화아악―!

초급에서 중급으로 상승되고, 또 두 개의 꼬리로 위력이 두 배로 증가한 바람의 술이 강하게 웨어울프에 직격되자 웨어울프가 외마디 비명을 지르며 횡 하니 날이가 버렸다.

"달아나자!"

"어? 응!"

웨어울프는 늑대이니만큼 이동속도가 장난이 아닐 터, 드란은 우포를 자신의 등에 업혀서 네 발로 뛰기 시작했다.

"거기 서라!"

파바바박—

언제 쫓아왔는지 웨어울프들이 고함을 치며 드란을 쫓았다. 이대로라면 잡힌다! 드란의 눈이 떨려 올 때 우포가 소리쳤다.

"이제 곧 우리 일족의 마을이야! 최고 속도로 달려!"

"이런 젠장! 여기서까지 이것을 쓸 줄이야!"

드란이 욕지거리를 내뱉으며 아깝지만 쌓아 둔 영력을 사용하기로 마음먹었다.

"현신!"

—현신을 사용하셨습니다. 1분마다 10의 영력이 소모됩니다. 공격력 200% 증가, 민첩X2.

후화아악—!

지난번과 똑같은 붉은빛의 요기가 드란의 몸을 감싸더니 몸이 점차 거대한 여우의 모습으로 변화되었다. 지난번과 다른 점이 있다면 단 하나, 하나였던 꼬리가 이미호가 된 영향으로 두 개가 된 것이다.

"지, 진짜로 현신을 하다니?!"

변화된 드란의 모습에 우포가 경악에 받친 소리를 내질렀다. 삼미호인 자신이 사용해도 위험할 현신을 이미호가 사용하면 그 즉시 목숨을 잃게 되는 것은 당연지사인 일이다.

그런데 이자, 드란은 전혀 이상 없이 자신을 업고 현신화된 몸으로 달리고 있는 것이 아닌가?

"가만히 좀 있어!"

아까보다 2배로 증가한 민첩은 이미 200이 넘어간다. 그 이동속도를 다스리려고 하니 무척이나 힘이 드는데, 우포가 자꾸 움직이며 소리를 내질러 대자 정신 집중이 안 되던 드란이 버럭 소리를 질렀다.

한편 빠른 속도로 나아가는 드란과 우포를 어이없다는 얼굴로 바라보는 이들이 있었으니······.

"구샤야. 어떻게 저들이 현신을 할 수 있는 거지?"

"그, 글쎄요 형님. 구미호 일족의 현신은 오직 오미호 이상 때부터, 그것도 횟수가 정해져 있는 것일 터인데. 알 수 없군요."

웨어울프인 레샤와 구샤의 푸념에도 불구하고 드란과 우포는 이미 저만치 앞으로 사라져서는 웨어울프들에게 보이지도 않았다.

▾

"도착이야."

우포가 드란에게 말과 함께 폴짝 뛰어내렸다.

"아무것도 없는데 뭐가 도착이야?"

"당신, 그리고도 이미호 맞아?"

주변에 나무만 둘러싸인 이런 숲 속에 뭐가 있겠냐는 듯 물어오는 드란에게 우포가 한심한 얼굴로 쳐다보더니 나만 믿으라는 듯 작디작은 가슴을 팡팡 쳐 댔다.

"우리 구미호 일족은 다른 일족들에 비해 힘이 비약해, 그러니 숨어 있어야 하지. 사실적으로 말하자면 아까 그 레샤 놈의 나이는 195살. 나보다 어린놈이지만 웨어울프 일족인 이유 하나만으로 막대한 힘을 내지."

"하늘을 뒤엎는 힘이라며?"

"그건 구미호가 되었을 때의 경우고. 실질적으로 구미호 일족이 진정한 힘을 깨우쳤을 때가 바로 현신을 사용할 수 있게 되는 오미호 때이지. 그래서 구미호의 성인식은 오직 500살, 오미호가 되었을 때 가능해. 물론 그와 함께 어린 아이의 모습에서 어른의 모습으로 변화하게 되지."

"그래?"

"응, 그래."

우포가 드란의 궁금증을 풀어 준 다음 텅텅 비어 있는 숲 속에 손을 가져다 댔다.

"따라하도록 해. 작은 여우가 큰 여우의 품으로 찾아갑니다."

"으, 응. 작은 여우가 큰 여우의 품으로 찾아갑니다."

쓰아아악―!

말과 함께 신기한 일이 일어났다. 아무것도 보이지 않던 숲 속이 비틀어지더니 제법 중규모에 속하는 마을이 나오는 것이 아닌가?

그리고 돌아다니는 주민은 대부분이 키가 작은 소년의 모습을 하고 있는 일미호에서부터 네 개의 꼬리를 가진 사미호가 있었다. 성인식을 해야 어른이 되는지 오미호 이상부터는 대부분이 젊은 남자거나 젊은 여자였다. 그것도 엄청난 극의 미를 가지고 있는.

"예, 우포! 너 또 밖으로 나갔니? 내가 위험하다고 했잖아!"

"에구구, 미안해 히포."

마을을 구경하느라고 우포를 신경 쓰는 것을 잊었던 드란이 고개를 돌리자 역시나 꼬리 3개의 삼미호의 히포라고 불린 어린 소녀가 우포에게 잔소리를 해 대고 있었다. 딱 보니 마누라한테 술 마시고 왔다고 잔소리 듣는 남편 모습이다.

'불쌍한 놈.'

왠지 우포가 불쌍해지는 드란이다.

"응? 당신은 누구죠? 어떻게 이미호인 거지? 우포 대체 이거 뭐야? 이미호는 대부분이 영력의 흡수를 위해 키가 작아야 정상인데…… 이런 일이!"

"히포, 우선 진정 좀 해 봐."

하지만 우포의 노력은 헛수고였다.

히포가 드란의 몸 앞에 가서 킁킁 냄새를 맡고 난 다음 말이다.

"마, 말도 안 돼! 이미호의 몸으로 현신을 실현했다고?! 그건 삼미호인 나로서도 힘든 일인데! 세상에 이런 일이 있다니!"

"무슨 일이니. 히포야?"

"뭔 일 있니?"

히포의 외침을 중심으로 어린 아이의 모습의 사미호 이하부터 미남미녀의 모습을 하고 있는 오미호 이상의 구미호 일족 사람들이 모여들자, 드란은 점점 불안해지기 시작했다.

'그런데 잘 보니까 여자분들은 참 예쁘구나.'

어린 아이의 모습을 하고 있는 구미호 일족들은 귀엽고 오미호 이상의 젊은 미녀의 모습을 하고 있는 여자 구미호 일족은 뭇 남자들을 설레게 하는 수준이 아닌 그 자리에서 홀리게 할 정도로 뛰어난 얼굴을 했음에도 불구하고 드란은 그냥 설레는 정도였다.

"호홋. 신기한 남자네. 이미호 때부터 어른의 모습이라니. 더구나 이미호여도 구미호의 일족이라는 건가? 몸에 요기를 둘렀는데도 홀리지는 않는군."

뭐야, 그럼 같은 구미호의 일족 사람을 홀릴 생각이었다는 건가?

여하튼 간에 말이지.

"우포! 나 좀 살려 줘!"

드란의 호소 어린 외침에 우포가 간단하게 한마디 했다.

"생간 줘."

제6장

구미호 일족의 마을

"와하하. 샷포 언니 이거 대개 재미있다."

"하루 종일 해도 질리지 않겠는데?"

"……."

드란은 얼굴이 새빨개져서는 그대로 고개를 떨굴 수밖에 없었다.

애초에 웬만한 연예인 저리 가라 할 정도의 미모를 지닌 여성분들의 오미호들이 뒤에 자란 다섯 개의 꼬리를 살랑거리며 자신의 꼬리를 이리저리 만지는 게 아닌가?

듣기로는 이미호면서도 성인식을 치르지 않은 몸으로 어른인 모습의 드란이 무척이나 신기해 보이는 듯하다.

'그래도 이건 좀…….'

겉으로는 20대 초반이라고 해도 믿을 것 같지만 실제로는 500살이 넘는 이들이 아니던가?

막상 그렇게 상상을 하니 500살 먹은 할머니들이 자신을 마치 먹는 음식으로 보는 듯한 착각까지 들기 시작했다.

'망할 우포 녀석.'

저 멀리서 히포라는 여자 삼미호랑 시시덕거리는 우포를 드란이 째릿하게 노려보며 저주를 해 댔다.

애초에 저 녀석을 만나지만 않았어도 웨어울프 일족을 만날 일도 없었을 뿐더러 이 마을로 와서 이런 꼴(?)을 당할 일도 없을 터이다.

한편 그렇게 중얼중얼 저주를 읊어 대는 드란에게로 옆에 있던 오미호의 여성분들의 미모와는 비교도 안 될 정도의 극에 극의 미를 지닌 여인이 다가오자 드란은 순간 심장이 멈출 뻔했다.

'아, 아름답다.'

멍하게 풀렸던 드란의 눈이 갑작스럽게 번뜩인 것은 그 여인의 뒤에 나 있는 일곱 개의 꼬리를 보고 나서였다.

"칠, 칠미호?"

자신을 둘러싸고 있던 오미호와는 비교도 안 될 정도의 일곱 개의 꼬리들이 춤추듯 움직이는 칠미호의 꼬리. 무엇보다도 칠미호가 되면 사람이 저렇게 아름다워질 수 있다는 것인가?

더욱이 놀라운 것은 칠미호의 여인이 다가오자 자신을 둘러싸고 있던 오미호들이 장난을 멈추고는 슬슬 피하는 것이었다.

그 모습에 드란이 움찔하던 순간 여인의 입이 열렸다.

"그대가 우포를 웨어울프족에게서 구해 주신 분이신가
요?"

"아, 네. 그렇습니다만."

"그렇군요. 정말 감사드립니다. 저의 이름은 미샨포. 보
시다시피 칠미호이며, 이 구미호 일족의 마을을 지키는 촌
장이라고도 할 수 있죠."

그렇다면 이 구미호 일족의 마을에서는 칠미호가 최고의
단계라는 소리라는 말이 아닌가?

"저…… 칠미호이시면 팔미호나 구미호분들은 없으신가
보군요?"

드란의 물음에 칠미호인 미샨포의 얼굴이 잠시 굳어졌다
가 이내 말을 이었다.

"74년 전, 저의 아버지이자 스승이셨던 팔미호 미우포
님께서 육미호였던 저에게 자신의 생명을 넣은 여우구슬을
주신 뒤, 하포 님의 품으로 돌아가셨습니다. 그리고 그 여
우구슬 덕에 저는 이렇게 칠미호가 된 것이지요. 아, 저 잠
시만 기다려 주시겠습니까?"

"네. 그러지요."

미샨포가 정중히 물어오는 말에 드란이 괜찮겠다라는 생
각으로 막 고개를 끄덕이려는 찰나 미샨포가 히포와 시시덕
거리고 있던 우포를 불러냈다.

그 모습에 드란이 무슨 일이지? 라고 생각하던 순간 아버지라고 했던 팔미호의 이름이 문뜩 생각났다.

'미우포라고?'

아버지 팔미호가 미우포, 그리고 미샨포가 부르는 자신을 이곳으로 오게 만든 삼미호 우포.

그 뜻을 드란은 얼추 알 수가 있었다.

미샨포가 손을 쫙 펼치고 안으려는 듯한 포즈로 우포에게 향하자 우포가 신나하며 달려왔다.

역시나 드란의 예상대로 저 우포는 아마도 미샨포의 동생일 것이 분명하다.

안전하게 돌아온 동생과 아름다운 누이의 만남, 이 얼마나 아름다운 장면이던가?

"쯧쯧. 우포 저 녀석 안됐어."

"응?"

옆에 있던 오미호 여성의 한마디를 끝으로 드란은 그 뜻을 알 수 있었다.

찰싹찰싹.

"우포. 이 나쁜 여우! 이 누나가 얼마나 걱정했는지 알아?! 내가 그렇게 나가지 말라고 몇 번이나 말했니? 응?"

"으아아앙, 잘못했어, 누나!"

"……."

그대로 우포의 엉덩이를 발랑 까서는 손바닥으로 찰싹찰싹 때리는 미샨포의 모습에 드란이 침을 꿀꺽였다.

'무서운 여자다.'

건드려서는 안 되는 여우다.

▼

"여기 앉으세요."

"아, 아…… 네."

방긋 웃으며 차를 건네는 미샨포의 모습은 정말로 아름다웠지만 드란은 어리벙벙한 표정으로 실실 웃을 뿐이다.

그리고 그런 드란의 옆에는 엉덩이에 얼음을 올려놓고 잠에 빠져 버린 우포가 보였다. 얼마나 세게 맞았으면 엉덩이에 피멍이 드는 것일까?

'뭐 어찌 됐든, 지금은 즐기자고.'

후루룹.

미샨포가 건네준 차를 드란은 냅다 들고는 벌컥벌컥 들이켜기 시작했고, 이내 눈이 번뜩 떠졌다.

"마, 맛있네요?"

마시자마자 느껴지는 자연의 풀 향기. 이런 차 맛은 집에서 끓여 마셨던 1천 원짜리 녹차와는 비교도 안 될 산뜻한 느낌과 평화로움을 느끼게 해 주었다. 더불어 신기하게도 그동안 쌓여 왔던 피로가 싹 가시는 느낌이다.

드란은 이것을 또 언제 맛보냐는 생각으로 차를 입에 들이붓기 시작하다가 그만 일을 저질렀다.

"앗, 뜨거!"

"어머, 조심하세요."

미샨포가 다급히 와서는 헝겊 조각으로 드란의 주변을 닦은 다음 차가운 물을 만들어서 드란의 혀에 부어 주었다.

"아, 감사드립니다."

"호호. 차는 얼마든지 있어요. 그리고 뜨거우니 천천히 드셔야 한답니다."

"……."

정말 적응이 안 된다. 아니 이 가상현실 게임을 만든 사람은 생각이 있는 것인가 없는 것인가? NPC를 이렇게 아름답게 만들어도 정도가 있는 것이 아닌가?

대화를 할 수도 없을 정도로, 아니 쳐다보기도 힘들 정도로 만들어 내면 대체 어찌하란 말인가?

어찌 됐던 드란이 그러든가 말든가 미샨포는 자신의 용건을 드란에게 말했다.

"주변에 있던 오미호와 우포에게 듣기로는 현신의 흔적이 있었다고 하시던데. 정말 현신이 가능하신 건가요?"

"네, 그런데 이미호가 현신을 사용하는 것이 이상한 것인가요?"

미샨포가 크게 한숨을 불어 내쉬었다.

"흐음, 그게 사실 저희의 경우에도 이미호 때, 현신을 도전해 본 여우가 없어서요. 사실상 영력이 아직 완전치 않은 이미호의 몸으로 현신을 실행했다가는 필히 온몸의 영력이

빨려서는 미이라가 될 것이 분명합니다."

"미, 미이라요?"

말려 버려서 죽는다고?

"그럼, 하나 더 물어보죠. 아까 돌아온 우포의 영력이 상
당히 증폭되어 있던데. 혹시 우포에게 무엇을 주셨나요?"

"아, 혹시 이것을 말하시는 건가요?"

드란이 가방에 있던 생간들 중 자그마한 고블린의 간을
꺼내 보이자 미샨포의 눈이 크게 떠졌다.

"생간…… 그렇군요. 이것이라면 당신의 현신도 이유를
알 수가 있지요."

"생간이 무슨 영향을 보이게 하는지 아시는 건가요?"

"네, 당연하죠. 애초에 간에 대해서 모른다면 구미호 일
족의 촌장이라는 자격이 없을 터이니 말이죠. 생간은 모든
생명들의 혼을 담는, 그릇이라고 알고 있습니다. 그리고 구
미호의 일족들은 대대로 그 혼이 담긴 간을 생으로 집어삼
켜 영력을 얻게 되는 것이지요. 하지만 이것에는 큰 문제가
따릅니다."

"문제라니요?"

"과유불급이라는 말은 아실 거라고 믿습니다. 영력이라는
것은 우리 구미호 일족에게는 무척이나 좋지만 너무 넘쳐서
는 안 됩니다. 그렇기에 이것에도 조절이 필요한 것이지요.
아까 마을에 들어오셨을 때 이상한 점을 느끼지 못하셨습니
까?"

구미호의 일족은 인간의 모습을 하고 있을 뿐, 실제로는 짐승이자 맹수이다. 그런 그들에게서 드란은 피의 향을 별로 느끼지 못했다.

"그렇습니다. 생간을 섭취하면 야생의 본능이 일깨워지죠. 예를 들어서 밤의 귀족이라고 불리는 마족 뱀파이어들도 웬만해서는 피를 즐기지 않습니다. 피가 싫어서? 아닙니다. 피 맛에 한 번 빠지면 헤어 나올 수가 없게 되어서이지요. 피에 빠진 뱀파이어는 뱀파이어가 아닙니다. 그저 피에 미친 몬스터일 뿐이죠."

"그렇다면……."

드란의 눈이 우포에게로 향해지자 미샨포가 손을 저었다.

"걱정 마세요. 저래 봬도 우포는 촌장이었던 저의 동생이랍니다. 어느 정도의 약한 농도의 생간은 충분히 제어가 가능하지요. 하지만 더 이상 생간을 주시지는 말아 주십쇼. 그 점은 구미호 일족의 촌장이 아닌 우포의 누나로서의 부탁입니다."

"죄송합니다."

드란이 고개를 꾸벅이며 사과를 했다. 잘못했다면 저 작은 여우를 간에 미친 여우로 만들 뻔했지 않았던가?

미샨포도 그에 대해서는 더 이상 추궁을 하지 않겠다는 듯 헛기침을 두어 번 한 다음에 화제를 바꿨다.

"그런데 하나 이상하군요."

"네?"

"당신에게는 이미호로서의 영력이 아닌 그 이상의 영력이 느껴집니다. 이미 이미호를 초월한 힘의 존재이지요. 이런 기분은 저 역시 처음이라 뭐라 설명할 수는 없지만 마치 하포 님의 경우와 같다는 것만은 알 수 있겠군요."

"하포라면, 구미호 일족의 선조를 말씀하시는 겁니까?"

미샨포가 고개를 끄덕였다.

"네, 하포 님은 정말로 굉장하신 분이시죠. 저희의 존재를 태어나게 해 준 존재일 뿐만 아니라 열 번째 꼬리를 얻어 내셔서 하늘로 올라가 신이 되신 존재입니다."

"예? 열 번째 꼬리라니요?"

구미호에게 한정된 꼬리는 아홉 개의 꼬리가 아니던가? 아니, 그런데 열 번째 꼬리가 존재한다니?

또 뭐라고? 여우가 신이 되었다고? 그게 말이나 되는 소리인가?!

"구미호는 아홉 개의 꼬리를 가지고 있다고 들었는데 열 번째 꼬리라니요? 그게 대체 무엇이죠?"

드란이 다급히 미샨포에게로 물어오자 미샨포가 조금 당황한 표정을 짓다가 이내 차근차근 설명해 주기 시작했다.

"사실 저로서도 자세히는 모릅니다. 그저 이것 하나만을 알 뿐이지요. 열 번째 꼬리는 신의 힘을 지니고 있다. 유를 무로, 무를 유로 창조해 내는 힘이."

"신의 힘?"

"네, 하지만 사실일지는 모르지요. 원래부터 하포 님께서

신이 되셨다는 증거가 없으니 말이죠. 하지만 저희는 믿습니다. 어디서든지 지금 하늘 위에서 우리들을 위해 힘을 주시고 있는, 하포 님의 존재를 말이지요."

여우가 신이 되었다? 이무기가 용으로 승천한다는 소리는 들어봤지만 여우가 꼬리를 살랑거리며 위로 올라가는 상상을 하자니 절로 머리가 저어졌다. 하지만 미샨포의 말에 고개를 젓기는 싫은 드란이다.

"당연히 그럴 것입니다."

드란의 말에 미샨포가 환하게 미소 지었다.

"믿어 주셔서 감사드립니다. 그럼 모쪼록 찾아오신 저희 마을의 풍경을 즐겨 주시길."

"그러도록 하죠."

▼

미샨포와의 대화를 마친 드란은 학교에 가야 할 시간을 알리는 알림음을 듣고는 재빨리 로그아웃을 해 버렸다.

여전히 가볍게 교복을 입고 차려진 밥상을 야금야금 먹은 후, 학교로 뛰어갔다.

"야! 요전부터 리자드맨들 왜그렇게 강해진 거냐?"

"몰라, 나도 그것 때문에 리자드맨들 사냥하다가 잡을 수가 없어서 오크나 고블린 잡는 실정이다."

학교에 도착한 성진의 귓가로 가상현실 게임 리펙터 월드에 대한 이야기가 마구마구 쏟아져 나왔다.

사망하는 바람에 레벨이 다운되었다는 둥, 득템을 해서 기분이 째진다는 둥, 아이템 스틸당해서 욕지거리를 내뱉는 둥.

그리고 무엇보다도 리자드맨들에 대한 이야기가 많았다.

"보통 리자드맨들의 레벨이 38이라고 보면, 레벨 35의 우리들이 충분히 사냥할 수 있는데 요즘 들어서는 뭐가 그리 힘이 넘치는지 42렙이라고 해도 믿을 거다."

갑자기 몬스터의 레벨이 4나 상승했다는 말에 성진은 내심 마음이 찔려 왔다.

리자드맨들이 강해진 이유는 간단하다. 고블린들과 전쟁을 치렀으니 그만큼 막대한 경험치를 얻었을 터이고, 또한 리자드맨 샤먼이라는 영웅 몬스터가 하나 더 생겨났으니 그 사기는 가히 엄청날 것이리라.

어찌 됐든 성진은 찔려 오는 마음을 다스리고는 자신의 자리에 소리 없이 앉았다.

재잘재잘―

자리에 앉아서 책을 펼쳐 보는 성진의 모습을 학생들은 그 누구도 신경 쓰지 않았다. 그만큼 성진은 학교에서 무엇보다도 평범한 학생이기 때문이다.

그렇게 반복되는 평범한 일생의 학교생활은 빠르게 끝이 났다.

"헤헷! 히포 나 잡아 봐라!"

"우포, 너 이 녀석!"

게임에 접속한 드란에게로 우포가 약 올리자 히포가 그에게 눈을 붉히며 쫓아가는 모습이 보였다.

어린아이들이 장난치며 쫓아가는 모습이 보기 좋았지만 만약 우포가 히포에게 잡힌다면 어떻게 될지 상상이 가지 못했다. 그 사나운 표정의 히포 얼굴을 떠올리자니 말이다.

"아이들이 노는 게 참 좋군요."

"호홋, 그런가요?"

언제 드란의 접속을 눈치챘는지 미샨포가 웃음을 터트리며 나타났다. 그리고 참고로 말하자면 저기 아이라고 불려진 우포와 히포의 나이는 각각 300살이 넘어간다.

"이제 가 보시려고 하시나요?"

"뭐, 그렇죠."

드란이 나간다는 것을 눈치챘는지 미샨포가 아쉬운 표정을 하다가 금세 표정을 지우고는 싱긋 웃으며 말했다.

"어쩔 수 없죠. 그럼 드란 씨. 만약을 위해 이것을 가져가 주십쇼."

미샨포가 내민 것은 가느다란 여우의 꼬리털이었는데, 약간의 황금빛을 띠는 게 칠미호인 미샨포의 털인 듯했다. 구미호가 되면 털이 황금색이 된다고 하니 말이다.

　"감사드립니다. 미샨포 님."

　"아니에요 드란 씨. 후에 다시 한 번 더, 이곳 구미호 일족의 마을을 들러 주시길 바라며, 부디 안전한 여행을 하시길."

　미샨포는 말과 함께 지난번에 들어왔을 때와 같이 '작은 여우가 큰 여우의 품을 떠납니다.' 라는 주문과도 같은 말을 외쳤고, 드란은 구미호 일족의 마을에서 스르르 사라졌다.

　스윽스윽―

"후아."

구미호 일족의 마을을 벗어난 후, 드란은 지난번 우포와 만났던 자리까지 도착을 해서야 한숨을 돌릴 수가 있었다.

역시 현신을 하지 않은 상태에서와 현신을 사용한 상태에서의 스피드 차이는 정말로 엄청난다는 것을 몸으로 확실하게 느낀 드란이다.

그리고 무엇보다도 드란은 이제부터 현신의 사용을 더욱이 자제해야겠다고 다짐했다. 영력의 소모라는 패널티만 있을 거라 생각했던 현신이 자칫하면 게임에서의 캐릭터인 자기 자신을 잃을 수가 있으니 말이다.

"하아! 숲을 벗어나니 이제 좀 살겠구나!"

처음 접속 때 숲에 대해 안 좋게 인식을 가지게 된 드란답게 숲 속은 왠지 모르게 꺼림칙했다. 어느 순간 늑대 같은 맹수들이 달려들지 모르는 곳이니 말이다.

이제 뭘 해야 하나라고 고민하던 드란에게로 철과 철들이 부딪치는 소리가 들려오자 황급히 주변에 있던 큰 바위에 몸을 숨겨서 눈에 힘을 주며 보았다.

"헉헉! 지친다, 지쳐! 뭐 이리 질기냐! 좀 죽어라!"

"크르르릉!"

눈에 힘을 준 드란은 대충 상황을 파악할 수가 있었다. 주변에 널려진 유저 2명의 시체, 그리고 온몸이 피로 덕지덕지 붙어 있는 상태인 4명의 유저와 숨을 헐떡이며 금방이라도 쓰러질 듯한 늑대 인간.

라이칸스로프라고도 불리며, 구미호 일족과 천적으로 알려진 웨어울프족의 어린 새끼였다.

'그냥 가는 게 좋겠지?'

어차피 그냥 두면 유저들이 저 새끼 웨어울프를 죽이는 일은 무척이나 쉬울 것이다. 숨을 헐떡이는 새끼 웨어울프를 보자니 금방이라도 쓰러질 듯해 보였으니 말이다. 아마 아직 새끼라서 유저는 2명 정도가 한계인 듯 보였다.

'근데 조금 불쌍하다.'

네 다리를 부들부들 떨며 유저들을 노려보는 새끼 웨어울프는 그 어떠한 이들이 보아도 참으로 불쌍해 보였다. 다 자란다면 징그러울 테지만 아직 새끼이니 너무도 가여워 보이는 것이다.

드란이 나는 몰라라 다시 머릿속에 각인을 하고는 그대로 고개를 돌리려고 했을 때 외침이 들려왔다.

"죽어라! 라이칸스로프!"

"크르르릉!"

"젠장! 될 대로 되라지!"

결국 마음약한 드란이 참지 못하고 뛰쳐나가 버렸다.

"어, 어? 넌 뭐냐?"

갑작스럽게 나타난 드란으로 인해 헐떡이던 유저들이 눈을 동그랗게 떴다.

처음에는 자신들이 거의 다 잡아 가던 새끼 웨어울프를 스틸하는 다크 게이머인 줄 알았지만, 머리에 자라난 여우

귀와 엉덩이 부분에 자란 두 개의 꼬리를 보자니 당최 이해할 수가 없었다.

그렇게 고개를 갸웃거리던 유저들은 고민 끝에 결정을 내렸다.

자신들은 넷이고 저기는 둘이다. 그러니 답은 간단하다.

"어차피 이렇게 된 거 너도 같이 죽어라!"

검을 꼬나 쥐어 들은 유저가 드란을 향해 검을 매섭게 휘둘렀다.

하지만 드란이 누구인가?

비록 생간을 씹어 먹어야 한다는 개 같은 경우가 있지만, 히든 종족 중에서도 히든 종족인 구미호 일족의 이미호가 아니던가?

"불의 술!"

화르르륵―

"으아아악!"

"으앗! 마법사인가?!"

드란의 불의 술에 네 명의 유저들 중 세 명의 유저가 피했고 미처 피하지 못하고 정면으로 돌진한 한 명의 유저는 노릇노릇하게 구워져서는 그대로 자빠져 버렸다.

하지만 아직 드란의 공격은 끝나지 않았다.

"바람은 불의 힘을 배가 시킨다! 바람의 술!"

푸화아악―

중급으로 오르면서 더욱 거세어진 바람의 술이 내뿜어지

며 꺼져 가던 불의 씨를 건드리자 불의 씨가 다시금 살아나며 활활 타올랐다.

"으아아악!"

다시금 한 명의 유저가 쓰러졌다.

이제 두 명이 남은 유저는 온몸이 오싹해지는 기분이다.

'사기다!'

비록 새끼 웨어울프와 전투를 치르면서 생명력이 많이 깎였다고는 하지만 자신들은 30렙 초중반의 유저들이다. 이곳 리펙터 월드에서도 웬만한 중급 유저에 속하는 자신들인 것이다.

그런데 그런 자신들이 한 마리 짐승 인간에게 피해를 입다니?

두 명의 유저를 가뿐히 처치한 드란이 비아냥거리며 리자드 언월도를 손에 쥐어들었다.

"와라."

"오라면 못 갈 줄 아냐! 소드 댄싱!"

유저 한 명이 검으로 춤을 추듯이 놀리며 드란에게 뻗었다.

챙—

스피드 전투에 익숙한 드란답게 소드 댄싱의 기술을 리자드 언월도로 가볍게 막아 낸 후, 씨익 웃었다.

적의 검을 막는 데는 하나의 리자드 언월도면 된다. 그리고 자신은 쌍검이다. 그러니 남은 검 하나는 어디로 가겠는가?

검으로 버티는 것만으로도 한계인 유저가 울상을 지었지만 봐줄 드란이 아니다.

서걱—!

베여지는 소리와 함께 유저의 목이 댕강 잘려 나갔다. 선혈이 낭자하며 목이 날아가는 것은 썩 보기 좋은 광경은 아니지만 드란은 이미 리자드맨과 고블린 마을의 전쟁으로 인해 마음이 조금 강해졌다고 할까? 물론 정확히는 생간을 먹다 보니 피에 익숙해진 것이지만 말이다.

"으아악!"

마법사인 듯한 유저 한 명이 지팡이를 손에 쥔 채 벌벌 떨었다. 주변을 둘러보면 자신의 동료들은 이미 회색빛이 되어 로그아웃이 되어 있을 뿐더러, 주변에 펼쳐진 동료의 시체와 선혈은 그를 두렵게 했다.

하지만 유저의 공포는 여기서 더욱이 가중되었다.

"간 섭취!"

드란의 손이 사망한 유저들의 가슴팍으로 거침없이 쑤셔 들어가서는 생간을 뽑아냈다. 그리고 마법사 유저는 눈이 뒤집혔다.

"어라, 쟤 왜 저래?"

막 사망한 5명의 유저들의 간을 빼서 인벤토리에 집어넣은 드란이 마지막으로 마법사 유저를 죽이려고 향하던 중, 마법사 유저가 눈을 까뒤집고 있자 머리를 긁적였다. 상태를 보니 쇼크사로 이미 사망해 있었다.

드란은 다시 한 번 리펙터 월드의 현실감에 지겹다는 표정을 지은 후, 친절하게 마법사 유저의 가슴팍을 뚫어 줬다.

인벤토리에 가득 찬 생간들을 보는 드란의 눈이 즐겁다.

"이제 유저들의 간은 총 10개인 것인가?"

이 유저들의 생간은 레벨 30대 이상의 플레이어들의 것들이니, 적어도 30레벨대의 특이 몬스터나 20레벨대의 보스 몬스터에 상응하는 효과를 낸다고 생각하니 꽤그레 기분이 좋아진다. 물론 생간을 씹어 먹어야 한다는 리스크가 크지만 말이다.

그리고 그밖에도 생간들은 고블린 생간들이 가득히 있었다.

"아차! 30레벨대의 유저들이니 운이 좋다면……!"

유저들도 아이템을 드랍하고, 그 드랍된 아이템을 몬스터들도 줍는다. 그리고 지금 막 드란이 유저를 죽였으니 몬스터 상태인 자신도 아이템을 주울 수 있다.

간단한 방식을 생각한 드란은 냉큼 실행에 옮겼다.

"오호라!"

6명의 유저들 중 드랍된 아이템은 총 2개로, 아이템들의 내용은 이러하다.

예리한 롱소드(마법 B)
솜씨 좋은 대장장이가 제작한 듯해 보인다. 담금질이 무척이나

좋게 되어 있으며, 경도와 예리함이 무척이나 탁월하다. 하지만 내구도 쪽으로는 비약한 편이기 때문에 오래 사용하기는 힘들어 보인다.

내구력:23/48　공격력:18~25

사용 제한:힘 25 이상, 민첩 30 이상

옵션:공격 속도 15%, 힘 +5

튼튼한 가죽 셔츠(마법 B)

솜씨 좋은 재단사가 제작한 듯해 보인다. 꼼꼼하게 터진 곳 없이 잘 꿰매져 있으며, 활동에도 큰 지장을 주지 않을 듯하다. 하지만 가죽이라는 한계가 있기에 방어력이 약하다.

내구력:42/60　방어력:18

사용 제한:힘 20 이상, 민첩 40 이상

옵션:이동속도 10%, 민첩 +5

"흐흠, 쓸 만한데?"

운 좋게 득템한 아이템에 드란이 기분 좋은 듯 입안 가득 함지박만 하게 미소를 지었다.

사실 드란이 한 유저들끼리의 살인은 PK(플레이어 킬)이라고 부르며, 살인을 할 때마다 카오틱 수치가 높아지며 살인마라는 칭호가 붙여진다. 하지만 드란은 상관없다. 왜냐? 당연하게도 드란은 유저이지만 상태로는 몬스터이다. 애초에 유저들도 자신을 보면 물불 안 가리고 공격할 것이 뻔할

뻔자이기에 드란은 전혀 미안함을 느끼지 않았다.

일단 얻어진 아이템들 중 드란은 예리한 롱소드는 팔기로 마음먹었고, 튼튼한 가죽 셔츠는 자신이 입기로 했다. 사실 생각해 보면 자신은 무기만 바꿨지 방어구는 1레벨 때, 증정 받은 가죽 셔츠 한 장뿐이다. 더구나 드란의 거친 싸움으로 인해 가죽 셔츠는 이미 걸레라고 보아도 좋을 정도로 너덜너덜해진 것이 재단사에게 가져가서 수리를 요청하면 차라리 하나를 새로 구매하라고 할 정도로 심각해 보였다.

다른 유저라면 그런 가죽 셔츠 따위 그냥 휙 하고 버릴 터이지만, 드란은 그렇지 않았다.

"이것도 다 돈이란 말씀!"

꼬질꼬질 냄새를 풍기는 걸레에 가까운 가죽 셔츠를 인벤토리에 집어넣은 다음, 뒤를 돌아봤다.

"괜찮냐?"

"크르릉—!"

드란의 말에 새끼 웨어울프는 긴장을 늦추지 않고 금방이라도 달려들 자세를 취했다. 드란이 유저들과 전투를 치르는 동안 제법 회복을 한 모양이다.

"이봐, 난 너를 구해 준 사람이라고! 옛다! 이거나 먹어라!"

조금 남은 자그마한 고블린 고기를 냅다 새끼 웨어울프에게 집어던져 주자 녀석이 반색을 하며 침을 꿀꺽였다. 하지만 명색의 웨어울프족이라는 듯 차마 넘어가지는 않았다.

그리고 누가 또 알겠나? 먹다가 공격이라도 받을지 말이다.

"왜? 내가 껄끄럽냐? 하긴, 여우와 늑대이니. 당연한 건
가? 그럼 난 볼일 끝났으니 저쪽으로 간다. 잘 가라."

"컹킁!"

막 발을 옮기려던 드란에게로 새끼 웨어울프가 폴짝 뛰어
와 낡은 종이 한 장을 드란의 손에 쥐어 줬다.

"컹컹킁!"

아직 새끼라서 그런지 웨어울프족임에도 불구하고 말을
하지 못하는 새끼 웨어울프는 낡은 종이를 툭툭 치다가 드
란의 손을 한 번 할짝인 다음, 드란과는 다른 방향으로 가
기 시작했다. 입에는 드란이 준 고블린 고기를 물고 말이다.

한편 드란은 웬 낡은 종이지? 라는 듯한 심정으로 종이를
펴 보았다.

종이는 제법 실력 좋은 지도사가 그린 듯, 무엇을 표시하
는 듯한 그림이 있었다. 비록 오래전의 지도라서 흐릿했지
만 못 알아볼 정도는 아니다.

딱 봐도 보물지도 아니면 던전 지도라는 생각에 드란의
눈이 반짝였다.

역시 착한 일을 한 사람은 복을 받는 건가 보다.

"심봤다!"

제7장

두더지

푸르륵—

"푸하! 여기쯤일 텐데."

수풀을 헤치고 나온 여우의 귀를 가진 얼굴, 드란이 주변을 요리조리 둘러보다가 다시금 낡은 지도를 바라봤다.

"분명 여기라고 적혀 있다고!"

계속해서 이곳을 주변으로 빙글빙글 돌자 화가 뻗친 드란이 승질을 부렸다. 하지만 그렇다고 떡하니 나올 던전이 아니다.

다시 돌아볼까? 라고 생각한 드란은 한순간 다리의 힘이 쭉 빠졌다.

"젠장! 너무 걸었나?"

더 이상 걸었다가는 던전을 발견해도 될 게 없을 거라고 여기고는 주변에 있던 제법 큰 바위에 털썩 앉았다.

끼기긱— 쿠구궁—!

"어? 뭐야?"

큰 바위의 앉은 채로 다리를 주무르던 드란이 퍼뜩 놀랐다. 갑자기 무엇인가 끼워 맞춰지는 소리가 들리다가 주변이 지진이라도 난 듯 울려 오니 놀라지 않을 수가 없다.

후우웅—

1분 정도의 시간이 지나자 지진은 멈추었고 주변은 아무것도 변하지 않았다. 변한 것이라면 지진에 놀란 초식동물들과 조류, 그리고 드란의 얼굴 표정 정도?

"에휴, 뭐야. 괜히 놀랐네."

드란이 말과 함께 다시금 큰 바위에 앉았다.

쑤우욱—!

"어, 어?!"

큰 바위에 앉으려 하던 드란이 '어!'를 남발하기 시작했다. 당연하게 있어야 할 뒤에 큰 바위가 사라진 채 웬 구멍이 뚫려 있었고, 구멍이 뚫렸다는 것을 모르고 앉은 드란은 그 구멍 안으로 그대로 추락해 버렸다.

구멍으로 떨어지는 드란의 입에서 자동적으로 욕지거리가 튀어나왔다.

"시밤바! 되는 일이 없어!"

▼

"아야야."

구멍 속으로 쏙 빠져 버린 드란이 쓰라린 엉덩이를 쓰다듬으며 울상을 지었다. 이게 무슨 날벼락인간 말인가?

여하튼간에 그렇게 엉덩이를 쓰다듬던 드란은 주변을 두리번거렸다.

"여긴 대체 어디냐?"

얼마나 깊게 떨어진지는 모르겠지만 칙칙한 땅의 냄새가 드란의 코를 찔렀다.

익숙하지 않은 냄새에 드란이 인상을 찌푸리던 중 무엇인가가 발견한 듯 환하게 미소 지었다.

"이건 자연이 아닌 누군가가 인위적으로 만들어 낸 것이다."

드란이 바로 앞쪽에 뻥 뚫려 있는 마치 땅굴을 파낸 모습에 고개를 끄덕이며 안으로 들어섰다.

그르륵—

파여진 땅굴의 크기가 그리 크지 않았기에 드란은 누워서 기어가고 있는 중이다.

드란이 기어갈 때마다 땅의 긁힘으로 인해 생명력이 조금씩 떨어지고, 기껏 구해서 입게 된 튼튼한 가죽 셔츠의 내구도가 감소되었다. 더구나 운 없게도 위에서 흙이라도 눈에 들어가면 장난 아니게 아프다.

"참아야 된다."

새끼 웨어울프가 건네준 지도는 분명히 이곳을 가리켰다.
설마 자신의 목숨을 구해 준 드란에게 새끼 웨어울프가 은
혜를 원수로 갚을 리가 없다.

아니, 구미호니까 그럴 수도 있을지도 모르겠다.

드란은 결코 그럴 리 없다고 생각하며 머리를 조아리고는
다시금 앞으로 나아갔고, 이내 끝에 다다를 수 있었다.

"……."

끝에 다다른 드란은 어이가 없다는 듯 눈을 동그랗게 치
켜떴다.

"두, 두더지?"

드란의 말대로 지금 드란의 시야 앞에는 여러 마리의 두
더지들이 손에 특이하게 생긴 드릴형의 무기를 장착시키고
는 땅굴을 파고 있는 모습이 보였다.

드워프들과 막상막하의 땅딸보와 같은 아담한 키를 가진
두더지들은 자신들을 바라보는 드란을 눈치채지도 못한 채
숨을 헐떡이며 땅굴을 파는 작업에만 열중하고 있었다.

"일단 들어는 가 봐야겠지?"

드란은 흙에 붙어 있는 두더지의 털과 몸을 접촉시키고는
재빠르게 나뭇잎을 머리에 썼다.

"둔갑의 술!"

펑―!

땅굴 안에서 힘들게 둔갑의 술을 발동시킨 드란의 몸이
조금씩 줄어들더니 이내 아담한 사이즈의 두더지로 변화되

었다.

비록 손에는 드릴 같은 무기가 없지만 땅굴을 잘 파게 발달된 특유의 두더지 손톱이 드란의 손에 자라나 있었다.

"웃차!"

이제는 두더지로 둔갑한 드란이기에 조그마한 땅굴을 가볍게 일어나 두더지들이 작업을 하는 곳으로 천천히 걸어갔다.

"응? 뭐야? 처음 보는 얼굴인데?"

드란이 걸어오는 소리를 들었는지 작업을 하던 두더지가 고개를 갸웃거리며 바라봤다. 그런데 두더지 얼굴이 다 거기서 거기인데 어떻게 다르다는 건지 이해가 안 되는 드란이다.

"아, 예. 저쪽에서 일하다가 온 두더지입니다."

"그런가? 하긴, 우리 두더지들이 이곳에만 있을 리는 없을 터이니. 난 이곳 두더지 제1호 땅굴 기지 대대장인 무토라고 하네. 자네의 이름은 무엇인가?"

작업을 마무리 짓고는 드란을 향해 이름을 물었다.

그에 드란이 재빨리 대답했다.

"아, 드토라고 합니다. 잘 부탁드려요."

"그래, 이곳에 온 것은 역시 땅굴 작업을 도우려고 온 것일 터이지?"

땅굴 작업(몬스터 퀘스트)

제1호 땅굴 기지 대대장인 무토가 당신에게 땅굴 작업의 도움을 요청했습니다. 두더지에게 땅굴을 파는 일은 당연지사인 일. 요청을 받아들일 시에는 작업용 도구가 무상으로 지급됩니다. 또한 땅굴 기지의 작업이 모두 끝마쳐졌을 경우에는 크나큰 보상을 받으실 수 있습니다.

《《난이도:C+, 퀘스트 제한:두더지》》

어차피 거절해도 할 게 없다라고 생각한 드란은 가볍게 퀘스트를 승낙했다.

"자, 여기 작업용 도구라네. 두더지들은 손톱만으로도 땅굴을 파기가 가능하지만 이것들이 있다면 속도는 더욱더 빨라질 걸세."

"감사드립니다."

무토가 건네는 3가지의 물건을 드란이 고개를 끄덕이며 받아들었다.

'이게 아까 그 두더지들이 사용하는 작업용 도구란 말이지?'

작업용 드릴(마법 B)

솜씨 좋은 대장장이가 제작한 듯해 보인다. 알 수 없는 재질로 만들어졌으나, 그 강도와 내구도가 무척이나 대단하기에 웬만한 땅굴을 파는 것에도 가볍게 파낼 수 있을 듯하다. 또 잘만 개조하면 작업용뿐만 아니라 무기로도 사용이 가능해 보인다.

내구력:200/200   공격력:5∼8

사용 제한:힘 20 이상

옵션:공격 속도 500%

작업용 모자(마법 B)

솜씨 좋은 대장장이가 제작한 듯해 보인다. 알 수 없는 재질로 만들어졌으나, 그 강도와 내구도가 무척이나 대단하기에 바위가 떨어져도 안전해 보인다.

내구력:150/150   방어력:10

사용 제한:힘 30 이상

옵션:바위 같은 것들이 떨어질 시 데미지 50% 경감

작업용 부츠(마법 B)

솜씨 좋은 대장장이가 제작한 듯해 보인다. 알 수 없는 재질로 만들어졌으나, 그 강도와 내구도가 무척이나 대단하기에 돌이나 가시를 밟아도 안전해 보인다.

내구력:120/120   방어력:8

사용 제한:힘 25 이상

옵션:돌이나 가시를 밟을 경우 데미지 50% 경감

'뭐냐 이 사기적인 내구력은.'

아이템을 확인하는 드란의 눈이 동그래졌다. 내구력이 무려 100을 넘는다. 게다가 드릴은 내구력 200에다가 공격 속도도 500%나 상승한다. 데미지만 5~8이지 실질적으로 다른 무기들과 비교하면 25~40의 데미지를 내는 셈이다. 물론 두더지가 사용하는 드릴의 특성상 그렇게 크기가 큰 편은 아니라 적중시키기에는 움직이지 않는 흙 같은 것이겠지만 말이다.

드란, 이곳에서는 드토인 드란이 작업용 도구를 모두 장착하자 제법 일하는 두더지 삘이 났다.

"크흠, 역시 우리 두더지들은 작업용 도구만 장착하면 웬만한 전사들보다도 강하지. 후후, 자 저곳의 두더지들을 도와 땅굴을 파 주게나."

"알겠습니다."

드란이 말과 함께 껑충껑충 뛰어서 작업하는 곳으로 향하자 일하던 두더지들이 환호성을 내질렀다.

"오우우우! 신참인가? 이거 잘됐군. 가뜩이나 힘들었는데."

"흐흐흑! 드디어 신참에서 벗어나는 건가? 그간의 설움을 모두 쏟아내겠어!"

"……."

왠지 모를 두더지들의 환호성에 드란의 얼굴이 새파래졌다.

▼

"어이, 신참! 이것 좀 하란 말이야!"

"아, 네."

"이것아, 그게 아니라고 몇 번을 말해!"

"아아, 네."

"빨리빨리 하란 말이야!"

"……네."

키도 거기서 거기인 두더지들이 명령을 내리는 것이 좀 어이가 없는 일이지만 무엇보다도 드란은 두더지들 때문에 미칠 지경이다.

'현신해서 확 먹어 버려?'

라는 생각이 든 적이 한두 번이 아니다. 현신만 해서 거대해지면 한 입 거리도 안 되는 두더지들이 정말로 드란을 미치게 한다.

오늘도 어제와 똑같다.

이제 막 이곳의 신참 두더지로 오게 된 지 어언 3일.

드란은 오자마자 고참 두더지들에게 미친 듯이 갈굼을 당했다.

자기대신 땅굴 좀 파고 있으라는 등, 자신들도 못할 3명분의 일을 혼자서 못한다고 나무라는 등, 정말 둔갑의 술을 풀고 싶을 일이다.

"어이 드토! 이것도 좀 해 봐."

한 두더지가 씨익 웃으며 머리에 수증기를 내면서도 꿋꿋이 일하는 드란을 불렀다.

"부르셨습니까? 엘토 고참님?"

"응, 저기 가서 내가 팔 땅굴 좀 파 주라."

'망할.'

"네."

드란이 속으로 욕지거리를 내뱉었다. 아직 자신이 해야할 할당은 1/10도 채우지 못했건만, 다른 고참 두더지 놈들은 놀면서 자신에게 일을 시킨다. 그리고 무엇보다도 이엘토, 자신의 전대 신참의 역할을 했던 두더지가 유난히 자신을 괴롭히고 있었다.

하지만 고참이 하라는데 신참이 어쩌겠는가?

드란은 속으로 눈물과 욕을 마구 퍼붓고는 기다란 손톱에 작업용 드릴을 장착시켰다.

두두두두두두—

드릴을 작동시키자 엄청난 속도로 땅굴이 파여지기 시작했다. 과연 두더지들이 만들어 낸 무기답게 땅굴 파는 데에는 신의 경지에 다다른 무기라는 소리를 들어도 부족하지 않을 무기이다.

"군대에서나 당할 신참 갈굼을 두더지한테 받을 줄이야."

투덜거리면서도 땅굴 파는 작업은 계속하고 있는 드란이다.

두더지들에게도 직위가 있기에 이제 막 신참으로 들어온 드란은 이들에게 뭐라고 말할 자격이 없다.

자칫해서 대들다간 얻어맞기 일쑤이다.

첫 번째 날에 자신을 왜 부려 먹냐고 화를 냈다가 얼차려를 받지 않았던가?

"어이 드토! 저기가 안 파지잖아? 똑바로 못해?"

'그럼 네가 하던가.'

"아, 죄송합니다."

드란이 억지웃음을 지으며 대답했다.

그렇게 드란의 땅굴 파기 작업은 계속됐고, 50여 분의 시간이 흐르고 나서야 작업을 마칠 수가 있었다.

"헉헉."

막 작업을 마친 드란의 몸이 땀과 흙으로 범벅이 되어 버렸다. 당연하게도 50여 분이라는 시간 동안 쉬지도 않고 땅굴을 파낸 결과다.

이 정도면 쉬라고 말해 줄 만한 것만, 고참 두더지들은 그럴 생각이 전혀 없나보다.

"이제 끝난 거냐? 쩝, 뭐 여하튼간에…… 드토 내 것도 좀 해 주라."

"어이, 센토. 이번에는 내 차례라고!"

그런 고참들의 모습에 드란의 이마에 혈관 마크가 새겨졌다.

"저기요. 죄송하지만…… 제 작업이 아직 끝나지 않았는……"

"뭐?"

드란의 말을 끊는 이가 있었으니, 바로 엘토였다.

"그럼 넌 우리들의 부탁보다 네 일이 더 중요하다는 거냐? 신참 주제에 건방지다?"

"그게 아니라……."

"맞잖아. 뭐가 아니야?"

'그래, 맞다. 어쩔래?'

"아닙니다. 저에겐 고참님들의 일이 우선입니다."

겉으로는 아부를, 속으로는 욕지거리를 내뱉는 드란이었
지만, 드란의 아부가 마음에 들었는지. 엘토의 입가에 진한
미소가 그려졌다.

"암, 그래야지."

"그래서 누구 차례라는 거냐?"

"그냥 동시에 해 보면 어때?"

"그거 좋다!"

고참 두더지 중 하나인 센토가 무엇인가가 생각난 듯 방
긋 웃으며 시선을 드란에게 향했다.

"어이, 드토. 우리가 너무 일을 많이 했잖아? 그치? 그
러니까 우리가 딱 2시간만 쉴게. 그러니 2시간 안에 2명분
작업 끝내 놔. 알았지?"

라고 말하고는 센토는 다른 고참 두더지들과 나란히 손을
잡고는 껑충껑충 뛰며 땅굴 기지 안으로 들어갔다.

그리고 그런 장면을 보는 드란은 열불이 뻗쳐서 돌아가실
지경이다.

"내가 않느니 죽지."

고참이 시킨 일을 신참이 뭐라고 반발할 수 있겠는가? 결

국 드란은 예비 군대에 왔다고 생각하고는 작업을 계속했다.

▼

"끄, 끝났다!"

드란이 두더지의 몸으로 폴짝폴짝 뛰며 좋아했다. 그리고 그와 함께 몸에 덕지덕지 난 땀들 역시 춤을 추며 밑으로 흘러내렸다.

당연하게도 5일 동안 온몸이 뻐근하도록 일한 드란이다. 그간의 설움을 생각하자니 정말 눈물이 나지 않을 수 없는 일이다.

"내 반드시 돌아와서 고참 두더지들 녀석들의 간을 으적으적 씹어 먹어 주마."

하나의 결심을 맹세한 드란은 퀘스트 보상을 받기 위해 땅굴 기지 대대장인 무토에게 찾아갔다.

"호오, 벌써 끝냈다는 건가? 대단하군. 대단해. 좋아, 여기 보상이네."

무토가 함지박만 한 웃음을 지으며 드란에게 주머니 한 개와 함께 대량의 경험치를 주었다.

'엄청난 경험치!'

드란은 순식간에 3업을 해 버린 레벨에 입을 떡하니 벌리면서 제일 중요한 무토에게 받은 아이템의 옵션을 확인해 보았다.

땅굴 지렁이X50(특수)

땅굴에 서식하는 지렁이로, 두더지들이 즐겨먹는 음식이다. 크
기가 다른 지렁이들과는 다르게 무척이나 작은 편이어서 잡기
가 힘든 희귀종이다. 하지만 몸에 많은 영양분을 포함하고 있
기에, 섭취할 경우 어느 정도의 시간 동안 스텟이 증가한다.
또 땅을 기름지게 하는 데에 무척이나 탁월하다.
옵션:섭취할 경우 1시간 동안 모든 스텟 20% 증가. 땅을 기
름지게 한다.

"이건 뭐냐?"

아이템을 확인하고 난 드란이 바로 말한 대답이다.

하지만 무토는 드란의 말을 좋다는 뜻으로 받아들였는지
호탕하게 웃어젖히며 말했다.

"하하하하! 드토, 그것은 우리 두더지들이 한 마리 먹다
가 세 마리 죽어도 모를 맛이라네. 비록 크기가 작아 웬만
하게 집중을 하지 않는 한, 안 보이지만 효능은 탁월하다고
내가 장담한다네."

그래, 맞다. 모든 스텟 20% 증가에다가 땅에 심을 경우
에는 땅을 기름지게 한다니 말이다.

그런데 어쩌냐? 나는 이미호야 이미호. 이미호가 지렁이
먹는 거 봤나?

아니, 지금 모습은 두더지이니 먹을 수 있을지도 모르

겠다.

"그래도 50개니까 나중에 쓸 일이 있겠지."

말과 함께 드란은 꿈틀꿈틀 움직이는 땅굴 지렁이들을 주머니에 싼 채 인벤토리 안으로 쑤셔 넣었다. 어차피 인벤토리는 만능이기에 죽지 않을 것이다. 아마도⋯⋯.

"무토 대대장님, 그러면 이제는 무엇을 하면 되나요?"

"아, 자네는 열심히 일을 했으니 충분히 쉬어도 된다네. 나중에 일이 생기면 말할 터이니 지금은 편히 쉬도록 하게나."

"감사드립니다."

무토의 말에 드란은 랄라랄라 하며 쉬기 위해 자신이 일하던 곳으로 다가갔다. 그곳에 도착해 보니 어느새 고참 두더지들이 자신과 같은 땅굴 지렁이들이 들어 있는 주머니를 손에 쥔 채 행복에 겨운 표정을 짓고 있었다.

"냠냠, 역시 땅굴 지렁이는 언제 먹어도 맛이 난다니까. 햐, 고놈 참 맛난다."

"그럼. 왜, 옆집에 땅굴 지렁이 처음 먹어 본 두더지는 그 맛에 기절까지 했다잖어."

이야기의 담소를 나누며 쉬던 고참 두더지들은 신참 두더지인 드란이 다가오자 교활한 미소를 지었다.

"저 녀석도 땅굴 지렁이를 받았겠지?"

"암, 저 녀석도 필히 받았을 터. 그럼 그 땅굴 지렁이는 열심히 일한 우리들의 것이다."

"고럼 고럼, 신참 녀석이 염치가 없지 않는 한은 자신보다 수백 배는 열심히 일한 우리 고참 형님들에게 먹을 것을 주는 것은 당연지사한 일이다."

고참 두더지들이 두런두런 모여서는 드란을 가리키며 말했다.

그런 이야기는 드란이 다 들어서 자신들을 쳐다보고 있음에도 계속해 댔다.

'저, 저런 개 같은……'

고참 두더지 놈들이 하는 말을 들은 드란이 머리끝까지 화가 났다. 비록 꿈틀거려서 징그러운 지렁이이지만 자신이 열심히 일해서 받아 낸 것이다.

더구나 고참 녀석들은 자신을 부려먹기만 했을 뿐, 실질적으로는 아무것도 하지 않고 탱자탱자 놀기만 하지 않았던가?

마침내 제대로 열불이 뻗치다 못해 터져 버린 드란이 신경질을 부렸다.

"이것들이 보자보자 하니까 내가 보자기로 보이냐? 앙?"

드란의 말투와 행동에 당황한 것은 고참 두더지들이다.

"이, 이게 신참 주제에! 너무 건방지다!"

"그, 그래! 신참이면 신참답게 굴어라!"

"이것들이 진짜! 그럼 너희들도 고참답게 굴란 말이다!"

"뭐하는 짓거리냐!"

어느 선인이 말하기를, 모든 것에는 타이밍이 제일 중요하다고 한다. 바로 지금의 경우가 타이밍이 무척이나 안 좋은 경우이다.

"이제 막 온 녀석이 선배들에게 지금 뭐하는 짓거리지? 우리 두더지들에게 직위는 무척이나 중요하다. 아무리 집안이 좋다고 해도 직위가 낮으면 꿇으라면 꿇어야 하는 것이 두더지 사회란 말이다! 네놈! 퇴출당하고 싶은 거냐?!"

제법 젊어 보이는 두더지 한 마리가 인상을 잔뜩 쓰고는 드란을 째려봤다.

"아이고, 제1호 땅굴 기지 행동대장이신 아토 님이 아니십니까?"

'엿됐다.'

드란이 속이 쓰라린지 인상을 잔뜩 찌푸렸다. 진짜 타이밍도 더럽게 안 좋다. 막 고참 두더지 놈들에게 한 소리 할 때 오다니, 이게 말이나 되는 말인가?

"그렇다. 그런데 센토, 저 녀석의 이름이 드토라고 했던가?"

"네, 네. 그렇습니다요."

센토가 아부를 떨며 말하자 그에 기분이 좋은 듯 행동대장인 아토의 얼굴에 짙은 미소가 지어졌다.

하지만 이내 그 짙은 미소가 드토를 향하자 찌푸림으로 변질되었다.

"거기 너, 드토는 당장 나를 따라와라."

"예."

드란이 뭐씁은 듯한 표정으로 아토를 쫄쫄 따라가자 뒤에서 고참 두더지 녀석들의 웃음 소리가 들려왔다.

⛓

　"젠장."

　막 행동대장 아토에게서 벗어난 드란의 얼굴은 말 그대로 만신창이었다.

　이유는 간단하게도 아토에게 있었다.

　"어이, 너."

　"네?"

　"난 생각 같은 건 잘 못해. 일단 몇 대 맞자."

　"……."

　이걸로 끝이다.

　참으로 간단하면서도, 짧고 굵은 해결 방식이 아니던가? 하긴, 그 녀석이 행동대장이라고 했으니, 행동만 대장인 것이다.

　"으드득, 내 기필코 그 녀석들은 용서 못한다."

　드란의 얼굴에 자동적으로 고참 두더지 녀석들의 얼굴이 그려졌다. 그것도 유난히 자신을 괴롭혔던 엘토와 아토에게 모든 것을 고자질한 센토의 얼굴이 진하다.

　"고놈들을 확 태워 버리고 도망쳐 버려?"

　간단하게 불의 술을 정통으로 날리면 되는 일이다.

하지만 그러기에는 드란이 아쉽다.

"아니지. 조각조각 분해한 다음에 우리 집 강아지한테 먹여 버리는 거야."

그건 너무 잔인하다.

하지만 잔인하다면 어떤가? 이미 여러 몬스터는 물론이고 같은 유저들의 배에도 손톱을 찔러 넣어 간을 뽑아 먹던 자신이다.

"후후후후."

드란의 웃는 얼굴이 무섭다.

"하하하! 봤냐? 봤어? 그 신참 녀석도 참 운 없지, 어떻게 행동대장인 아토에게 걸릴 수가 있냐?"

"난 그 녀석이 쫄래쫄래 가는 거 보고, 빵 터졌었잖아. 크하하하!"

"그런데 우리가 좀 잘못하긴 한 거 같아."

유난히 드란을 괴롭히지 않았던 고참 두더지인 차토의 말에 엘토와 센토, 그리고 그밖에 고참 두더지들이 차토를 째릿하게 쳐다봤다.

"우리가 뭘 잘못했다는 거냐 차토?"

"맞아, 우린 당연한 일을 했을 뿐이다. 이곳 두더지 사회에서 직위는, 곧 생명의 가치이다."

다른 고참 두더지들의 말에도 차토는 괜스레 걱정이 된다.

"미안한데, 나 잠시 나가 볼게."

말과 함께 차토가 두더지 집에서 나와서는 행동대장 아토의 집으로 향하기 시작했고, 이내 드란과 마주칠 수가 있었다.

"어이, 드토!"

"후후후후! 응?"

막 고참 두더지들을 분해하는 잔인한 상상을 하고 있던 드란에게로 한 마리의 두더지, 차토가 눈에 띄었다.

'저 녀석은.'

기억난다. 자신이 속한 일터에서의 고참 두더지이지만 특이하게 자신에게 일을 시키지 않고 혼자서 묵묵히 일을 하던 유일한 고참 두더지, 그가 바로 차토였다.

"무슨 일이시죠?"

"아이고, 얼굴 좀 봐라. 이봐! 당장 날 따라오라고!"

엉망진창인 드란의 얼굴을 본 차토가 혀를 차면서는 드란의 손을 퍼뜩 잡고는 빠른 속도로 걷기 시작했다.

"어, 어디 가시는 건데요?"

'설마 퇴출?!'

차토의 급박한 행동에 드란의 표정이 황당함으로 물들었다.

아직은 안 된다. 퇴출을 당하더라도 엘토나 센토는 조각

조각 분해해야 한다. 이것은 반드시 해야 하는 신의 계시인 일이다.

"저, 저기요 차토 님! 죄송합니다! 다시는 까불지 않겠습니다!"

"무슨 소리를 하는 거야? 어서 들어가자고."

드란의 행동에 차토가 의아한 표정을 짓고는 어느새 도착한 두더지 집 안으로 들어갔다.

"이봐, 닥토. 이 녀석 얼굴 좀 어떻게 해 봐. 좀 상태가 심각해."

"드르렁—"

차토의 말에 대답은 안 들리고 코고는 소리만 들려온다. 드란은 무엇을 하냐고 막 차토를 향해 말하려던 중 차토가 빽 하고 소리를 질렀다.

우당탕탕—

무엇인가가 떨어지는 소리, 그리고 이윽고 특이하게 안경을 쓴 두더지가 털을 뾰족뾰족 세우고는 나타났다.

"음냐, 잘 자고 있었는데 뭐냐. 분명 차토겠지. 무뚝뚝한 양반 같으니라고."

"그러는 넌 의사면서 잠만 퍼질러 자는 거냐? 다른 건 됐고, 이 녀석 부은 얼굴 좀 낫게 해 줘 봐."

"응?"

차토의 말에 닥토가 반개한 눈으로 드란을 쳐다보았다.

"뭐냐, 이 울퉁불퉁 두더지는?"

"그러니까 말했잖아. 이 부은 얼굴 좀 낫게 해 달라고. 또 그놈 아토가 사고를 쳤단 말이지."

차토의 말에 닥토가 크큭 웃었다.

"흐흐, 분명 저 애가 잘못했겠지? 고참에게 대들거나 아토에게 한 방 먹이거나 말이야. 아니지, 아토에게 한 방 먹였다가는 그대로 황천길이지."

닥토가 말과 함께 자신의 방을 뒤적거렸다.

"이거면 돼."

닥토가 건네는 흙빛을 내뿜는 약을 차토가 받아들고는 그대로 드란의 얼굴에 들이부었다.

"우읍."

—닥토의 치료제 28호를 섭취하셨습니다. 치료제의 효과로 인해 얼굴에 붓기가 사라지고 쓰라림이 전부 사라집니다.

약이 얼굴에 묻자 울퉁불퉁하게 나온 혹들이 언제 나왔냐는 듯이 사라졌다. 그에 닥토는 당연하다는 듯 고개를 끄덕이면서 말했다.

"그러게 조심하라고, 아토는 한 번 화나면 물불 안 가리는 녀석이니 말이야."

"네, 감사드립니다."

닥토의 충고에 드란이 가볍게 대답했다.

"미안한데, 차토. 난 드토에게 할 말이 있어서 그러는 데…… 먼저 가 있을 수는 없겠는가?"

닥토가 의외의 반개한 눈을 푼 채로 말하자 차토는 알았다는 듯 고개를 끄덕이며 다시 작업장으로 향했고, 드란은 고개를 갸웃거렸다.

"무슨 일이시죠. 닥토 님?"

"잠시 기다리게나."

닥토는 차토가 나간 뒤로도 약 3분간의 시간을 끌었고, 드란에게 미소를 지어 보였다.

"이거 정말 의외로군. 이 땅굴에서 동족을 만날 줄이야."

"동족?"

갑작스러운 닥토의 말에 드란의 눈이 크게 떠졌다.

"설마……."

"둔갑의 술, 해제!"

닥토가 앞발을 모으며 외치자, 드란이 둔갑의 술을 썼을 때와 똑같이 작은 연기가 일었다. 그리고 이내 연기에서 나타난 것은 어른 미남자의 모습을 한 꼬리 다섯 개를 지닌 오미호의 모습이었다.

"아직 이미호인가? 신기하군. 오미호의 성인식인 각성을 치르지 않은 채로 어른의 모습이라니. 아, 어찌 됐든 정말 반갑군. 이곳은 지렁이만 먹어 대는 두더지들만 있어서 말이야. 동족을 만나니 정말 반갑군 그래. 이름이 어떻게 되나?"

"아, 드란입니다."

"그래? 나는 닥포라고 한다. 나이는 534살로서, 성인식을 마치자마자 세상 밖으로 나왔고 지금은 이곳에서 의사 두더지를 하는 신세이지."

말을 하는 닥포에게 왠지 모를 기운이 품겨져 나왔지만 드란은 같은 종족이라 그런지 그 기운에 영향을 받지 않는 듯했다.

"그런데 저를 어떻게 알아보셨습니까?"

드란이 제일 궁금하던 점이다. 둔갑의 술은 같은 일족이라고 해도 웬만해선 눈치채기 어렵다. 그렇기에 드란도 닥포의 모습을 알아차릴 수 없었던 것이다.

닥포가 크게 웃으며 이유를 알려 주었다.

"간단해. 나의 치료제들에는 각각의 특이 효과가 있지만 딱 하나 공통되는 효과가 있지. 바로 상대방의 종족을 알아내는 효과이지. 장난삼아 만들어 낸 효과지만, 진짜로 효과를 보게 되는 것은 처음이네. 하하."

"아, 그런가요. 그런데 왜 지금 이곳 땅굴 기지에 있는 거죠?"

드란의 물음에 닥포가 가볍게 대답했다.

"심심해서. 그리고 밖은 아직 나에게 위험하거든. 비록 각성을 마친 오미호라지만, 300살 이상인 상급에 속하는 웨어울프 일족에게 발견되면 그 즉시 목숨을 잃지. 그래서 이곳 세상에는 다른 일족의 마을들에 최소한 1명 이상의 동족들이 둔갑의 술로 숨어 있지. 물론 없는 곳도 있다."

이후로도 닥포는 드란의 물음에 친절하게 답변을 해 주었다.

그리고 얻은 정보로 제일 신기한 것은 이곳에 존재하는 몬스터였다.

"거대 지렁이라고요?"

"그래, 자이언트 웜이라고 하지. 주로 먹는 것은 동족 빼고 다 먹는다. 잡식이지."

두더지들은 지렁이를 먹는다. 하지만 거대 지렁이는 두더지를 먹는다? 참으로 아이러니한 일이 아닐 수 없다.

"아, 이런 너무 오랫동안 둔갑의 술을 풀어 뒀군. 미안하네만 잠시 둔갑을 하겠네. 둔갑의 술!"

펑—

꼬리 다섯 개의 오미호가 둔갑의 술을 펼치자 다시금 안경을 쓴 두더지인 닥토로 변화되었다.

"그럼 즐거웠다. 다시 보자구, 드란."

"네, 닥포 님."

▼

오미호인 닥포와의 만남을 가진 후, 3일이라는 시간이 지났다.

운이 좋게 주말이었기에 드란은 아침밥을 먹고 재빨리 게임에 접속했다.

아침밥을 먹고 온 후 땅굴 기지의 분위기가 이상했다.

한창을 작업을 하고 있어야 할 두더지들이었지만 다급하게 움직이며 기지에서 각기 희귀한 무기들을 지급 받고 난 다음, 장착하고 있는 것이 아닌가?

드란이 그 모습에 고개를 갸웃거리며 저기서 작업용 드릴과는 비교가 안 되는 예기를 지닌 전투용 드릴을 장착하고 있는 차토를 향해 물었다.

"차토 고참님! 무슨 일인가요?"

"어? 드토로군! 자네도 어서 준비하게!"

"예?"

되묻는 드란의 모습에 차토가 장착을 마무리 짓고는 대답했다.

"전쟁이다! 자이언트 웜이 이곳으로 돌진해 오고 있다. 매번 있는 일이다. 드토, 자네도 어서 기지로 가서 무기를 지급 받고 오도록!"

"아, 알겠습니다."

차토의 말에 드란이 황급히 땅굴 기지로 달려가자 그곳에는 행동대장 아토가 각가지 무기가 장착된 로봇에 탑승한 채로 드란에게 외쳤다.

"빨리 와라! 원하는 무기는 무엇이냐?"

아토의 외침과 함께 드란에게 퀘스트 알림음과 무기선택을 위한 프로필형의 정보가 나타났다.

"거대한 철포."

당연하게도 드란은 유일한 원거리 무기인 거대한 철포를 선택했다. 이런 전쟁 속에서 근접전을 펼쳤다간 어떻게 될지 뻔히 아는 드란답다.

이윽고 무기를 선택한 드란에게 무게가 엄청나 보이는 거대한 철포가 주어졌다.

들이 개발해 낸 무기로써, 거대한 철구를 한순간 발포시킬 수 있는 무기이다.

내구력:200/200   공격력:80~200

사용 제한:힘 40 이상

옵션:공격 속도 —500%

"역시 너도 거대한 철포를 선택한 건가?"

드란의 곁으로 어느새 의사 두더지이자 실제로는 오미호인 닥토가 미소를 지으며 어깨에 거대한 철포를 짊어지고 있었다.

"어? 닥포 님!"

"쉿! 여기서는 닥토다. 제대로 부르도록, 드토."

"아, 죄송합니다. 그런데 닥토 님. 행동대장이신 아토랑 대대장이신 무토 님이 탑승하신 저 로봇들은 대체 뭐죠?"

무기를 지급 받는 순간부터 궁금했던 것이었다.

"아, 두더지들의 회심작이지. 메카닉 두더지다. 탑승이 가능한 로봇으로, 탑승이 안 된 채로도 작동이 가능하지."

"멋지네요."

드란이 눈을 반짝이며 로봇인 메카닉 두더지를 쳐다봤지만 어차피 자신의 것이 아니기에 곧바로 눈을 돌렸다.

파바바박—

닥토와 대화를 나누는 동안 두더지들은 전부 하나같이 단단하게 무장을 마쳤다. 그리고 이후 땅이 파지는 소리가 들

리자 대대장인 무토가 크게 소리쳤다.

"전쟁이다! 제1호 땅굴 기지의 두더지들이여! 한낱 먹이에 불과한 자이언트 웜들을 제거하자!"

"와아아아ー!"

대대장인 무토의 외침에 두더지들이 소리를 내지르며 사기를 올렸다.

한편 그들의 외침을 듣기라도 했는지, 거대 지렁이의 징그러운 생김새를 지닌 자이언트 웜들이 땅을 뚫으며 등장했다.

"쿠에에엑!"

8여 마리의 자이언트 웜들이 나타났다. 그리고 그런 자이언트 웜들에게로 제일 먼저 선두로 행동대장인 아토와 그밑의 부대인 행동부대, 철구형 둔기 무기를 장착한 두더지들이 달려 나갔다.

"거대 지렁이들을 도살하자!"

이후로는 대대장인 무토와 전투용 드릴을 장착한 두더지들이 대열을 맞추며 돌격했다. 그리고 그중에는 차토도 섞여 있었다.

그리고 후방에서는 드란과 닥토, 그리고 드란이 싫어하는 고참 두더지인 엘토와 센토가 거대한 철포를 짊어지고는 후방에 같이 서 있었다. 물론 다른 두더지들도 꽤 많이 있었다.

"후방 보조들이여! 철포를 조준하라!"

역시 똑같이 후방에도 거대한 철포를 무려 5개나 장착한 메카닉 두더지를 탑승한 두더지가 크게 소리쳤다. 딱 보기에도 대대장인 무토나 행동대장 아토와 같은 동급의 포스가 넘쳐흘렀다.

  "기계 대장인 프토다. 저 메카닉 두더지를 만든 선조의 피를 이은 후손이지. 등급으로 치자면 대대장인 무토에 비해 약하지만 실질적으로 이곳 땅굴 기지에 공헌한 것을 생각하면 기계 대장 프토가 더욱 많을 것이다."

  닥토가 싱긋 미소 지으며 보조 설명을 해 주었다. 드란은 그런 닥토에게 웃음을 건넨 다음, 기계 대장 프토의 말에 따라 거대한 철포를 등에 올렸다.

  "으음……."

  거대한 철포의 무게가 장난이 아니기에 드란의 눈이 자동적으로 찌푸려졌지만 드란은 양호한 편이었다. 옆을 보니 엘토와 센토는 아주 그냥 죽을상으로 끙끙 대고 있으니 말이다. 그에 반해 바로 옆의 닥토나 프토의 옆에서 보조하는 이들은 거대한 철포를 장난감 다루듯 등에 걸쳤다. 아담한 체구의 두더지 특성상 두 개 이상의 철포를 걸칠 수는 없었지만 말이다.

  콰콰쾅―!

  "쿠에에엑―!"

  마침내 격돌이 이어졌다. 처음으로의 격돌은 당연하게도 행동부대였다.

철구가 달린 둔기 무기의 특성상 명중은 힘들지만 데미지와 충격은 월등했기에 거대한 몸집의 자이언트 웜도 어쩔 수 없는 듯 이리저리 흔들며 고통에 겨운 비명을 내질렀다.

"으하하하! 죽어라! 망할 지렁이!"

메카닉 두더지에 탑승한 행동대장 아토는 메카닉 두더지에 장착되어 있는 10여 개의 철구를 미친 듯이 휘두르며 자이언트 웜 한 마리를 거의 형체를 알아보기 힘들 정도로 떡을 만들어 났다. 과연 괜히 행동대장이 아닌 듯했다.

하지만 이어지는 자이언트 웜들의 공격 기세는 무척이나 살벌했다.

"쿠에에에엑—!"

동료 하나가 죽은 것은 신경도 쓰지 않는 듯 7여 마리의 자이언트 웜들이 입에 나 있는 송곳니를 마구 돌리며 두더지들을 삼켜 댔다.

"끄아아아악!"

무참히 자이언트 웜의 입속으로 빨려 들어가서 믹서기가 고기를 갈듯 갈리는 두더지들의 모습에 눈이 자동적으로 돌아갔다. 피를 많이 본 드란 마저도 말이다.

'내가 그렇게 될 줄 알고 이것을 선택했지.'

마음속으로 거대한 철포를 선택한 것을 진심으로 기뻐하는 드란이다.

"으아아! 망할 지렁이 놈들! 우리도 갈아 주마!"

거의 40여 마리의 두더지들이 떼죽음을 당할 때쯤, 전투용 드릴을 장착한 부대들이 무거운 철구가 부착된 둔기를 든 두더지들을 돕기 위해 빠르게 돌격해 왔다.

무토는 자신의 부하들인 두더지들의 죽음에 눈이 제대로 돌아간 듯하다.

"죽어라!"

무토가 탑승한 메카닉 두더지는 여러 개의 무기들이 부착된 것과는 다르게 오직 드릴 하나만이 장착되어 있었는데, 그 크기가 장난이 아니다. 거의 자이언트 웜과 맞먹는 크기의 드릴을 보니 자이언트 웜들도 슬슬 피하려 했으나 놓칠 무토가 아니다.

두두두두두두두두두—!

거대한 드릴이 엄청난 속도로 회전하며 미처 땅으로 피하지 못한 자이언트 웜 한 마리를 그대로 갈아 버렸다. 자이언트 웜의 누런색의 피가 사방으로 낭자하는 모습은 징그러웠으나, 이미 두더지들이 갈리는 모습을 많이 본 터라 그렇게 잔인하지는 않았다. 또 어떤 의미로는 통쾌함까지도 느껴졌다.

"우리들도 싸운다!"

두두두두두두두—

전투용 드릴을 장착한 두더지들도 무토를 따라서 떼거지로 붙어서는 자이언트 웜을 공격했으나, 아쉽게도 치명상을 입혔을 뿐, 죽이지는 못했다.

"프토! 슬슬 발사해야 한다! 아마 이제 곧 자이언트 웜들이 2차로 공격해 올 것이 분명해!"

"고맙다, 닥토! 자 모두들 거대한 철포를 움직이는 땅에 조준하라! 단, 동료들이 있는 곳은 최대한 피해서 조준하도록!"

프토의 명에 후방에 있는 두더지들이 거대한 철포를 들어 올렸다.

그런 두더지들의 눈은 오직 땅에만 집중되어 있고, 귀는 오직 프토의 공격 명령에만 집중해 있다.

"준비!"

프토의 말과 함께 요동치던 땅이 잠시 잠잠해졌다.

프토는 상황을 잠시 살핀 후, 다시금 잠잠해진 땅이 거세지자 소리쳤다.

"발사!"

펑! 펑! 펑! 펑! 펑! 펑!

발사음이 들리며 거대한 철포에서 무지막지한 크기의 철구가 튀어나왔다. 그리고 그와 함께 자이언트 웜들 역시 튀어나왔다.

"쿠에에엑—!"

6마리의 자이언트 웜들은 각각 땅을 뚫으며 입속으로 두더지들을 하나씩 집어 삼켰다. 이로써 또다시 6마리의 두더지들이 희생된 것이다. 하지만 자이언트 웜들도 무사할 수는 없다.

콰콰콰콰콰쾅—!

사방으로 흩뿌려진 철구들이 자이언트 웜들을 덮쳤다.

"쿠에에에에에엑—!"

가속도와 무게의 곱셈으로 엄청난 공격력이 붙은 철구의 위력에 자이언트 웜들이 곳곳에서 쓰러졌다. 더구나 아까 전투용 드릴에 공격을 받아 치명상을 입은 자이언트 웜은 그 자리에서 즉사해 버렸다.

더구나 하나 더 기쁜 일이 있었으니, 전투를 많이 치러 봤는지 철포에서 발포된 철구로 인해 사망한 두더지들은 없었다. 있다면 전투를 잘하지 않았던 신입들이 대체로 자잘한 부상을 입은 편이었다.

"크에엑—"

살아남은 5여 마리의 자이언트 웜들은 충격으로 그대로 넘어져서는 일어날 생각을 못하고 있다. 그러니 이들의 형은 어떻게 되겠는가?

"으드득!"

행동대장 아토가 눈을 잔뜩 부라린 채 쓰러져 있는 자이언트 웜들에게 다가갔다. 이후 일어날 일은 뻔하고도 뻔했다.

턱턱턱턱턱—

"쿠에에에엑—!"

쓰러진 5여 마리의 자이언트 웜들은 무자비한 두더지들과 행동대장 아토의 공격에 사이좋게 떡이 되었다.

두더지들과 자이언트 웜의 전쟁이 끝났지만 드란이 지급받은 보상은 그리 크지 못했다.

"땅굴 지렁이 30여 개. 이게 끝이라고? 아이템은? 골드는?"

드란은 이제 땅굴 지렁이가 지겹다. 하지만 드란이 모르는 게 하나 있었으니, 바로 이곳 땅굴 기지의 두더지들에게는 화폐라는 개념이 없었다. 사실상 땅속에서 화폐가 무슨 가치가 있겠는가? 그러니 자동적으로 두더지들에게는 땅굴을 파다 발견되는 광석들이 돈이요, 먹이인 지렁이들도 돈이다. 물론 웬만해서는 잡기 힘든 희귀 지렁이인 땅굴 지렁이의 가치는 더욱이 크다.

"감사드립니다!"

드란은 앞에 있는 두더지가 자신보다 땅굴 지렁이를 배는 많이 받자 눈이 화등잔만 해졌다.

그래서 따지고 보니 최전방에서 전투를 펼친 두더지들은 그 위험성이 크기에 땅굴 지렁이 150개를 지급 받았고, 그보다 약간 위험성이 덜한 전투용 드릴 부대들은 땅굴 지렁이 80개를 받았다. 드란으로서는 따지고 싶었지만 내심 양심에 찔렸기에 어쩔 수없이 넘겼다.

"에혀, 내 팔자가 이렇지 뭐."

드란은 결국 한숨으로 무마하며 땅굴 지렁이가 든 주머니를 다시금 인벤토리에 넣었다. 이제 자신이 소유한 땅굴 지렁이는 총 80여 마리가 되었다.

옆을 보니 행복해하고 있는 닥토가 보였다.

"닥토, 왜 그리 기뻐하는 표정이에요? 무슨 일 있어요?"

닥토는 여전히 행복에 겨운 표정으로 대답했다.

"이 땅굴 지렁이, 사실 나는 먹지 않는데 말이야."

"그런데요?"

"비록 30여 마리의 땅굴 지렁이라지만 좋은 물건을 구입하는 데는 충분하거든."

"지렁이로 물건을 구입한다고요?"

드란이 닥토의 말에 황급히 땅굴 기지에 있는 무기점을 찾아갔다.

"어서옵쇼!"

무기점의 주인인 두더지가 넉살 좋게 웃으며 드란을 맞이했다.

드란은 그런 주인 두더지에게 가볍게 인사를 건넨 후에 물건의 목록을 뒤져 보고는 깜짝 놀랐다.

거대한 철포(마법 A)

솜씨 좋은 대장장이가 제작한 듯해 보인다. 알 수 없는 재질로 만들어졌으나, 그 강도와 내구도가 무척이나 대단하다. 두더지들이 개발해 낸 무기로써, 거대한 철구를 한순간 발포시킬 수 있는 무기이다.

내구력:200/200   공격력:80~200

사용 제한:힘 40 이상

옵션:공격 속도 ─500%

가격:땅굴 지렁이 20마리 or 그에 상응하는 광석

강화된 전투용 드릴(레어 F)

솜씨 좋은 대장장이가 제작한 듯해 보인다. 알 수 없는 재질로 만들어졌으나, 그 강도와 내구도가 무척이나 대단하기에 땅굴을 파기에 무척이나 용이하다. 또한 특수 광석으로 코팅형의 강화도 했기에 그 강도가 더욱이 높아졌고, 전투용 드릴답게 예기가 충만하기 때문에 거의 모든 것을 뚫을 수가 있다.

내구력:200/200   공격력:10~15

사용 제한:힘 30 이상, 민첩 30 이상

옵션:공격 속도 600%

가격:땅굴 지렁이 70마리 or 그에 상응하는 광석

"이, 이런 지렁이가 돈이라고?"

보통 강화된 전투용 드릴 같은 레어급의 무기는 골드로 치자면 300골드가 넘어간다. 즉, 현 돈으로 치자면 300만 원이라는 소리다.

'이건 엄청난 거금이다!'

드란의 눈에 콩깍지가 낀 듯, 징그럽게 꿈틀거리는 땅굴 지렁이들이 이상하게 귀엽고 아름답게 보였다.

70마리가 300만 원이니까 적당히 나누기를 한다면, 한 마리당 4만 2,800원꼴이다. 그러니 150개를 지급 받은 두더지들은 무려 640여만 원을 한순간의 전투로 벌어 낸 것이다.

드란의 머릿속에서 자동적으로 빠르게 계산이 이루어지기 시작했다.

'땅굴 지렁이는 돈, 일을 하면 받는 것은 땅굴 지렁이. 그러니 일을 많이 하면, 쉽게 돈을 번다!'

가볍게 계산을 마친 드란이 다급하게 대대장 무토에게 찾아갔다.

"무토 대대장님, 시키실 일이 있으십니까?"

드란의 물음에 무토는 자이언트 웜으로 인해 피해를 입은 것을 계산하면서 가볍게 대답했다.

"아직 땅굴 작업을 하지는 않을 거다. 우선은 피해 상황을 이해하고 회복해야 하니 말이다. 당분간은 쉬도록."

"흐음, 그렇군요."

드란이 한숨을 쉬며 고개를 뒤로 돌렸을 때, 드란의 눈이 크게 떠졌다.

닥토와 같이 안경을 쓴 두더지, 더구나 안경은 보통 안경과는 다르게 여러 가지의 물건들이 부착되어 있었다. 자세히 보니 자이언트 웜들과의 전쟁 때 후방을 맡았던 기계 대장 프토라는 것을 드란은 알아낼 수 있었다.

"일을 구한다고 했나? 그거 잘됐군."

프토가 입꼬리를 올리며 씨익 웃었다.

▼

기계 대장 프토는 드란을 자신의 연구소로 데려오고는 짧게 말했다.

"혹시 자네, 위험하지만 땅굴 지렁이나 광석을 대량 받을 수 있다면 할 생각이 있는가?"

프토의 말에 드란의 귀가 쫑긋거렸다.

"무슨 일을 하면 되는 거죠?"

"간단하네, 내가 하는 연구에 도움을 주는 일일세."

"그게 무엇이 위험하다는 거죠?"

말을 하는 드란은 문득 흑마법사 쿠벤이 생각났다.

'설마 인체 실험을 하는 건 아니겠지?'

하지만 이어지는 프토의 말에 드란의 얼굴이 굳어졌다.

"바로 웜의 약점을 연구하는 것이라네. 그러니 웜을 좀 많이 데려와 줬으면 하네. 아, 물론 살아서 생포해 오는 것이 더 좋지만 안 된다면 어쩔 수 없지. 참고로 이 연구는 나 프토와 자네가 알고 있는 의사 두더지인 닥토와 함께 추진하는 일이네. 잘만해서 웜의 약점을 알아내기만 한다면 더 이상 전쟁으로 인한 두더지들의 피해는 줄어지거나, 운이 좋을 경우에는 아예 없어지겠지."

드란이 눈을 반개했다.

"그 거대한 놈을 어떻게 데려옵니까? 또 그 전에 그놈을 어떻게 이기라는 거죠?"

자이언트 웜의 위력을 멀리서 뼈저리게 느껴 본 드란이다. 그런데 그런 거대한 녀석을 죽이고 데려오라고? 왜 강아지한테 호랑이 잡아오라고 시키지 그래?

하지만 그런 드란의 생각을 읽기라도 했는지 프토가 걱정 말라는 듯 손가락을 들어서 까딱거렸다.

"이보게 뭘 모르나 본데, 이곳 땅굴 기지에서 머리가 제일 좋은 두더지는 닥토가 아닌 나일세. 물론 의료 쪽이나 신체에 대한 것은 닥토가 한 수 위이지만 말이야."

"그래서 어떻게 하겠다는 거죠?"

드란의 물음에 프토가 잠시 기다리라는 말과 함께 한 방으로 들어갔다.

그렇게 약 3분여의 시간이 흐르자 쿵쿵거리는 소리와 함께 메카닉 두더지에 탑승한 프토가 등장했다.

"이 메카닉 두더지를 빌려 주겠네. 또한 땅굴 지렁이도 넉넉히 주도록 하지. 어떤가? 해 볼 생각이 있는가?"

자이언트 웜의 표피를 구하라! (몬스터 퀘스트)

기계 대장 프토는 요즘 들어 자주 습격해 오는 자이언트 웜으로 인해 골머리를 썩고 있다. 또한 동족인 두더지들이 죽음을 당하는 것을 더 이상 보고 싶지 않기에 의사 두더지인 닥토와 함께 자이언트 웜의 표피를 연구하여 약점을 찾기로 마음을 먹

었다. 자이언트 웜의 표피를 구해 프토에게 가져다 주도록 하
재!

※퀘스트 수락 시, 메카닉 두더지가 임시적으로 주어지며, 사
용이 가능해진다. 또한 자이언트 웜을 생포해 올 경우에는 보
상이 더욱 크다.

《〈난이도:B, 퀘스트 제한:두더지〉》

드란은 당연히 승낙했다.

메카닉 두더지의 화력은 이미 충분히 보고 느낀 드란이
다. 그 거대한 자이언트 웜을 떡으로 만드는 것은 물론이요,
되려 역으로 자이언트 웜을 갈아 버리기까지 한 최강의 화
력을 지닌 무기가 아니던가?

또 거기다가 땅굴 지렁이까지 대량으로 주어진다고 하니
드란은 기뻐서 어쩔 줄을 몰랐다.

"좋았어, 메카닉 두더지에 장착할 무기는 알아서 고르도
록."

프토는 말과 함께 메카닉 두더지에서 내렸다.

"네? 무기는 장착되어 있는 것이 아니었던가요?"

"후훗, 절대 아니지. 메카닉 두더지는 탄 사람의 마음대
로 무기의 탈부착이 가능하다. 메카닉 두더지용 무기는 여
기에 많으니 알아서 장착하도록. 대신 무토의 메카닉 두더
지처럼 오직 하나만 장착할 수 있는 것도 있으니 신중히 고
르도록 해라."

드란의 물음에 답변해 준 프토는 드란에게 무기에 대해 설명해 주었다.

"일단 이것은 너도 알다시피 행동대장인 아토가 자주 애용하는 무기이다. 철구가 달린 둔기형 무기를 대량으로 부착시켜서 자이언트 웜의 정신은 물론 혼까지 쏙 뺄 정도로 팰 수가 있지, 하지만 10개나 되는 둔기를 조종하는 일은 꽤 힘들 것임으로 패스. 그리고 그 다음으로는 이것, 내가 애용하는 무기인 거대한 철포다. 최고 5개까지 부착이 가능하며, 화력으로는 최강이지만 공격 속도가 느려지기에 앞에 막아 주는 이가 없다면 별로 추천해 주고 싶지는 않는군. 그러니 이것 역시 패스다. 그리고 이것은 대대장인 무토가 사용하는 거대 드릴로 그 파괴력이 어마어마하지. 대신 조종이 힘들다는 단점이 있음으로 이것 역시 패스."

그러면 나는 어쩌라는 것이냐? 라고 드란은 순간 내뱉을 뻔했지만 초인적인 인내심으로 참아 냈다.

"그렇다면 무엇이 좋을까요? 프토 님?"

"후훗, 바로 이거다! 나의 회심작이지."

프토는 메카닉 두더지에 딱 맞아 보이는 로봇 팔을 보이며 실실 웃어 댔다.

"로봇 팔은 조종이 쉬운 편이야. 물론 그 만큼 화력은 비약하지. 하지만 이것에도 방법이 있지, 바로 로봇 팔에 이 철구형 둔기나 드릴을 장착하는 것이지. 그리고 내 특별히 이 메카닉 두더지에는 한 가지의 개조가 거쳐졌어. 바로 저기에 탑승하면 보이는 빨간색 버튼이 있을 거다. 그것을 누르면 무릎 부분의 방탄이 뜯어지며 거대한 철포가 두 개 등장하지. 물론 메카닉 두더지의 기계 특성상 발이 약하기에 오직 한 번만 사용 가능하지만 말이야. 그리고 또 하나, 바로 빨간색 버튼을 연속으로 두 번 누르면……."

"두 번 누르면?"

프토가 손을 접었다가 확 폈다.

"펑! 바로 자폭 기능이지. 메카닉 두더지의 엔진 부분을 가열시켜 20초 후 폭발시키게 만드는 것이지. 그 화력은 족히 자이언트 웜 10마리를 저세상으로 보낼 수 있을 것이라고 내 장담하지."

"마음에 드는군요."

고개를 끄덕이며 말하는 드란이었지만 속으로는 자폭 기능을 사용하지 않을 생각이다.

'나까지 죽을 일 있어?'

자기 목숨은 끈질기게 아끼는 드란다운 생각이었다.

철컹철컹—

메카닉 두더지에 탑승한 드란은 두더지들의 환호성을 받으며 땅굴 작업으로 파진 구멍으로 들어갔다.

"나 참, 그렇다면 내가 했던 땅굴 작업이 확장이 아닌 자이언트 웜에 쳐들어가기 위한 구멍이었다니."

툴툴거리면서도 갈 수밖에 없는 드란이다.

그렇게 툴툴거리며 가던 드란은 메카닉 두더지의 조종서를 읽으며 가볍게 레버를 위아래로 움직였다.

참으로 간단한 것이, 메카닉 두더지의 사용법은 마치 100원 넣고 하는 게임 기기랑 다를 것이 없다는 것이었다.

드란은 초딩 때 미친 듯이 해 댔던 게임들의 기억을 살리며 메카닉 두더지를 조종했고, 그의 신들린 조종에 메카닉 두더지는 거칠 것 없다는 듯 쿵쿵거리는 소리와 함께 앞으로 나아갔다.

"어이, 드토! 힘내라고!"

"자이언트 웜들에게서 우리를 해방시켜 줘!"

앞으로 나아가면서 보이는 두더지들이 작업에 열중하던 것을 멈추고는 드란을 응원했다. 아마 드란이 일을 잘 해낸다면 이제부터 자이언트 웜의 습격을 받지 않게 되니 당연한 이야기이다.

드란은 그런 두더지들에게 손을 가볍게 흔들어 주고는 계속해서 메카닉 두더지를 조종했고, 30분이라는 시간을 앞으로 나가자 더 이상 작업을 하는 두더지를 발견할 수 없었다.

"이곳쯤에서 자이언트 웜이 있을 터."

두더지가 안 보이는 구역에서 20분을 더들어간 드란은 축축한 땅의 모습에 긴장을 할 수밖에 없었다.

유난히 땅이 축축하고 두더지들은 보이지 않는다. 그러니 이곳에 자이언트 웜이 있을 확률이 높다.

파바바박—

아니나 다를까, 드란의 예상대로 땅을 뚫고 자이언트 웜한 마리 등장했다. 물론 전쟁 때 봤던 자이언트 웜에 비하면 그 크기가 1/4 정도였지만 말이다.

"쿠에에에엑—!"

아직 다 크지 못한 자이언트 웜은 자신의 구역을 침범한드란의 모습에 기분이 나쁜 듯 그대로 드란을 향해 박치기를 날리려 했다.

"어딜!"

드란은 능숙한 솜씨로 메카닉 두더지를 조종해서 자이언트 웜의 공격을 가뿐히 피한 다음, 그대로 다리 쪽에서 두자루의 칼을 뽑아 양손에 쥐어 들었다.

"나는 역시 검이 좋아."

프토는 둔기나 드릴이 더 효과적이라고 했지만 드란은 고개를 저으며 거대한 철검을 원했다. 처음 시작 때부터 몸에붙은 검 종류를 말이다.

"하압!"

드란이 검을 그대로 자이언트 웜의 몸에 휘둘렀으나, 자이언트 웜은 쉽게 당할 생각은 전혀 없다는 듯, 드란의 공격을 피하며 되려 역으로 공격을 취하려 했다.

드란은 자이언트 웜이 그대로 몸을 꺾어서 자신을 공격해 오는 모습에 화들짝 놀라며 메카닉 두더지를 빠르게 움직였으나 자이언트 웜의 공격을 완전히 피할 수는 없었다.

"콰드득—"

어깨 부분의 방탄 갑옷이 조금 뜯어지며 메카닉 두더지의 내구도가 감소되었다.

"이런 지렁이 녀석이!"

화가 뻗친 드란은 공격을 마치고 쉬기 위해 땅으로 파고들어가려는 자이언트 웜의 꼬리를 붙잡았다.

"쿠에엑?"

자이언트 웜의 얼굴이 새파래진 듯한 느낌이 들었다. 그에 맞춰 드란의 거대한 장검이 자이언트 웜의 머리 부분을 그어 버렸다.

푸화아악—!

자이언트 웜 특유의 누런색의 피가 땅으로 거침없이 흩뿌려졌다.

"한 마리, 소탕 완료!"

한 마리의 자이언트 웜을 처리한 드란이 싱긋 웃으며 자이언트 웜의 표피를 발라내서 메카닉 두더지에 부착되어 있는 보관 칸에 집어넣고는 이제는 살만 남은 자이언트 웜을 빤히 바라봤다.

"이 녀석도 간을 내뱉을까?"

내심 궁금했다. 원래 생물체에게는 누구에게나 간이 있다. 드란은 궁금한 것은 못 참는다. 결국 드란이 탑승한 메카닉 두더지의 팔이 움직이며 자이언트 웜의 가슴팍을 뚫었다.

그리고 나온 누런빛이 가득한 거대한 생간.

"⋯⋯버리자."

옛날 일미호 때 만났던 오크 로드 카르취의 생간보다도 배는 거대한 자이언트 웜의 생간에 드란은 생각할 필요도 없다는 듯 휙 버린 다음 레버를 굳게 잡았다.

"일단 하나는 구했고, 이제 더 얻으러 가 볼까?"

가볍게 한 마리를 처리한 드란이 레버를 움직였다.

▼

스걱스걱!

"후함, 이제 이 짓도 지겹군."

이제는 거대한 자이언트 웜을 시시하게 처리하는 드란이 쩍쩍 하품을 해 댔다. 당연하게도 앞으로 가는 사이 드란은 대략 20여 마리는 넘는 자이언트 웜들을 처치했다. 물론 그 만큼 메카닉 두더지의 내구도가 감소했지만, 반대로 자이언트 웜에 대한 경험도 쌓았고, 또 경험치도 가득 얻었다.

그 예로 드란은 20마리의 자이언트 웜의 처치로 인해 무려 5레벨 업을 하지 않았던가. 더구나 자이언트 웜들은 그 레벨이 자신보다 높은 듯 좋은 아이템을 드랍까지 해 주었다.

드란은 그 드랍된 아이템들을 생각하자니 웃음꽃이 핀다.

표피 모자(레어 F) ―세트

자이언트 웜의 표피로 만들어진 모자. 그 내구성과 질김이 무척이나 뛰어나다. 단, 냄새가 심해 구역질을 유발하며, 생김새가 좋지 않음으로 예술을 사랑하는 이들에게는 모욕적인 작품이다.

내구력:140/140   방어력:25

사용 제한:힘 40 이상, 민첩 40 이상

옵션:힘 +10, 민첩 +10, 구역질 300%

표피 글러브(레어 F) ―세트

자이언트 웜의 표피로 만들어진 글러브. 그 내구성과 질김이 무척이나 뛰어나다. 단, 냄새가 심해 구역질을 유발하며, 생김새가 좋지 않음으로 예술을 사랑하는 이들에게는 모욕적인 작품이다.

내구력:140/140   방어력:20

사용 제한:힘 40 이상, 민첩 40 이상

옵션:공격 속도 15%, 힘 +10, 구역질 300%

표피 부츠(레어 F) ―세트

자이언트 웜의 표피로 만들어진 부츠. 그 내구성과 질김이 무척이나 뛰어나다. 단, 냄새가 심해 구역질을 유발하며, 생김새

가 좋지 않음으로 예술을 사랑하는 이들에게는 모욕적인 작품
이다.

내구력:120/120   방어력:18

사용 제한:힘 30 이상, 민첩 40 이상

옵션:이동속도 20%, 민첩 +10, 구역질 300%

비록 스킬이 안 붙은 아이템이지만, 레어급이라는 것이
어디인가? 그리고 스킬이 붙은 아이템은 대부분이 레어 A
급 이상들뿐이다. 또 애초에 이런 아이템들은 자신이 만져
보기 힘든 아이템들이다. 또한 자이언트 웜들 역시 자신의
능력치로 잡기에는 터무니없이 무리이다. 하지만 그것을 가
능하게 하는 메카닉 두더지가 있기에 드란은 가능했다.

"쿵쿵, 이 냄새만 제외한다면 말이지."

새로 생긴 표피 글러브를 장착하고 작업용 부츠 모자는
표피 부츠와 모자로 바꿔 낀 드란은, 그와 함께 활성화된
표피 세트를 살펴보았다.

표피 세트(레어 F)

자이언트 웜의 표피로 만든 아이템들을 모을 경우 그 효과가
발동된다.

4세트:힘 +10

5세트:공격 속도 20%, 이동속도 20%

6세트:스킬 '콜 자이언트 웜' 사용 가능

표피 세트를 확인하던 드란은 6세트에 이르면 발동되는 스킬에 유난히 눈이 갔다.

콜 자이언트 웜. 스킬 명을 봐도 알듯이 자이언트 웜을 소환하는 것이다.

사실상 자이언트 웜이 약한 것이 아니다. 드란의 경험과 메카닉 두더지가 아니라면 무척이나 두려운 몬스터가 바로 자이언트 웜이니 말이다. 그러니 그런 자이언트 웜을 소환할 수 있게 하는 스킬이라면 나중에 엄청난 영향을 가져다줄 수 있으리라.

그렇게 아이템들의 효과를 확인하던 드란의 귀가 쫑긋 세워질 정도의 흥성을 지닌 하나의 소리가 들려왔다.

"쿠에에에에에엑—!!"

평범한 자이언트 웜이 절대로 낼 수 없는 소리.

바로 보스급의 몬스터이다.

그것을 눈치챈 드란은 뛰는 가슴을 주체할 수가 없었다.

"그 강력한 자이언트 웜에게도 보스 몬스터가 있었다고?"

사실 가상현실 게임인 리펙터 월드에는 어떤 종류의 몬스터에게나 보스 몬스터가 존재한다. 물론 그것을 드란이 알고 있을 리 없겠지만 말이다.

파바바박—

멀리서 땅이 파지며 오는 소리에 드란은 크게 긴장했다.

상태를 살펴보니 카르취 때와 마찬가지로 공포 상태에 걸려 있다. 즉, 벗어날 수 없다는 소리이다.

"꿀꺽."

고조되는 분위기에 드란이 침을 꿀꺽였다.

그리고 어느 정도의 시간이 흐르자 마침내 무척이나 거대하면서 피보다도 새빨간 붉은색의 빛을 내뿜는 자이언트 웜이 등장했다.

"쿠에에에에엑─!!"

제8장
레드 자이언트
웜과의 전투!

"쿠에에에엑—!!"

등장한 붉은색에다가 여태까지 만난 자이언트 웜하고는 비교도 안 되는 크기를 지닌 녀석의 모습에 드란이 입을 쩍 벌렸다. 더구나 평범한 자이언트 웜은 입 부분이 갈라지지 않고 둥그렇게 말려져 있지만, 이 녀석은 입 부분이 네 갈래로 갈라져서는 그대로 잡혔다가는 분해가 될 판이다.

"망할 두더지들!"

드란은 자신을 이곳으로 가게 한 두더지들을 욕했다. 그리고 그중에서 프토는 배로 욕을 먹었다. 아마 지금 땅굴 기지에서는 수많은 두더지들의 귀가 가려울 것이리라.

그런 드란의 눈에 보, 자이언트 웜 녀석의 이름이 표시되었다.

"레드 자이언트 웜?"

즉 붉은색의 자이언트 웜이라는 거다.

메카닉 두더지보다도 몇 배는 거대한 레드 자이언트 웜이 드란을 향해 돌격해 왔다.

"으아아악! 오지 마!"

아까 전, 싸웠던 자이언트 웜하고는 비교가 안 된다. 메카닉 두더지를 타고 있는 상태에도 거대해 보이는 자이언트 웜이니, 두더지일 때에는 올려다보기도 힘들다.

하지만 오지 말라고 안 올 몬스터가 어디 있겠는가?

드란이 황급히 레버를 잡아당겼다.

차라락—

"될 대로 되라지! 내 인생이 원래 이런 거 아니겠어!"

드란이 검을 빼 들고는 기세 좋게 외쳤다. 하지만 레드 자이언트 웜은 뭐 어쩌라는 듯한 표정으로 드란을 향해 돌진해 왔고, 이내 드란의 검과 레드 자이언트 웜의 송곳니가 맞부딪쳤다.

콰즈즈즉—!

네 갈래로 벌려진 레드 자이언트 웜의 이빨을 철검 2자루로 막는 것은 무리이다. 결국 드란은 두 갈래의 입만을 막을 수 있었고 나머지 두 갈래의 입은 그대로 메카닉 두더지의 갑판을 공격하는데 성공했다.

레드 자이언트 웜의 공격에 메카닉 두더지의 내구도가 무려 1/5나 감소되었다. 그동안 자이언트 웜들과의 전투로 약 1/8 정도만 내구도에 손해를 입을 정도로 메카닉 두더지를 조심히 다루던 드란의 노력을 레드 자이언트 웜의 공격 한 방으로 무너져 내렸다.

"으드득, 젠장! 이걸 어떻게 이기라고!"

드란이 신들린 듯 레버를 움직여서 옆으로 빠졌다. 그리고는 곧바로 검을 들어서는 레드 자이언트 웜에게 내려쳤다.

챙—!

"……"

무슨 피부가 판금 갑옷으로 만들어졌나? 검으로 내려쳤는데 '푸화아악—' 이라는 피가 쏟아지는 소리가 아닌 '챙' 이라니?

드란의 눈에 황당함이 어렸다.

"내 기필코 나가서 프토 녀석의 목을 따 버리리라."

애초에 프토 녀석이 씨익 웃었을 때부터 수상했다. 드란은 반드시 프토에게 복수를 하겠다고 몇 번이고 곱씹으며 레드 자이언트 웜을 조심히 바라봤다.

"하하, 안녕?"

"쿠에에에엑—!!"

"젠장."

드란의 인사에 레드 자이언트 웜이 입을 벌리며 다시 돌격해 와 주었다. 참으로 애교가 심한 녀석이다. 그것도 무척이나 말이다.

돌격해 오는 레드 자이언트 웜의 모습에 드란이 레버를 잡은 손을 놓고는 앞발을 모았다.

"바람의 술!"

푸화아아악—!

중급으로 올라서서 부는 바람의 세기가 2배는 강해진 바람의 술이 돌격해 오는 레드 자이언트 웜에게 정통으로 들어갔다.

"쿠우우우—!!"

바람의 세기가 워낙 강하기에 레드 자이언트 웜의 속도를 늦출 수 있었지만 너무도 거대한 녀석 때문에 날리는 것은 무리였다.

더구나 바람의 술을 얻어맞아서 화가 돋았는지 바람의 술이 풀리자 녀석이 더욱 빠른 속도로 돌격해 왔다.

드란은 바람의 술이 풀리자마자 재빨리 다시금 앞발을 모았다.

"불의 술!"

화르르륵—!

불의 술에 방금 전 펼쳐졌던 바람의 술이 합쳐져서 불의 폭풍이 일어났다. 아무리 거대하고 강력한 레드 자이언트 웜이라고 해도 이 불의 폭풍을 제대로 맞는다면 무사하지 못할 것이 분명하다.

"끝난 건가?"

드란이 침을 꿀꺽이며 상황을 살펴봤다.

"쿠에에에엑—!!!"

불의 폭풍이 사라지자 제법 불에 그을린 흔적이 있는 레드 자이언트 웜이 포효하며 드란을 죽일 듯이 노려봤다.

"히이익—!"

그 흉흉한 눈빛에 드란이 자기도 모르게 프토가 알려 줬던 빨간색 버튼을 한 번 눌렀다.

쿵—!

메카닉 두더지의 무릎 부분에 붙어 있던 갑판이 떨어지며 프토의 말대로 거대한 철포 2대가 등장했다.

"쿠에에에엑—!!"

레드 자이언트 웜은 그런 메카닉 두더지의 모습을 무시하며 돌격해 왔고, 이내 거대한 철포에서 2대의 철구가 발포되었다.

펑! 펑!

콰콰쾅—!

"쿠에에에에에에엑—!!!"

2개의 철구에 정통으로 타격을 입은 레드 자이언트 웜이 심각한 스턴 상태에 빠진 듯, 몸을 뒤척거리며 고통스러워했다. 하지만 한편 메카닉 두더지에 탑승한 드란도 멀쩡하지는 못한 상태이다.

"크으으……."

거대한 철포의 발포와 동시에 메카닉 두더지의 무릎관절

부분이 박살 나며 그대로 주저앉아 버렸다. 즉, 이제는 쓸 수가 없게 되었다는 거다.

드란이 정신을 차리고 앞을 보니 레드 자이언트 웜이 심각한 타격을 입은 듯하긴 했지만 그것만으로 죽을 것 같지는 않았다.

"젠장, 결국 자폭을 사용해야 한다는 것인가?!"

드란이 욕지거리를 내뱉었다. 필히 이런 좁은 땅굴 안에서 메카닉 두더지를 자폭 시켰다간 자신도 무사하지 못한다. 하지만 레드 자이언트 웜의 스턴이 풀려도 끝장이다. 결국 이러나저러나 죽게 되는 상황.

"이렇게 된 거, 도박 한 번 해 보는 거지."

드란이 말과 함께 네발로 땅을 짚었다.

"지금 나의 모든 힘을 쏟아붓겠다. 현신!"

―현신을 사용하셨습니다. 1분마다 10의 영력이 소모됩니다. 공격력 200% 증가, 민첩X2.

"크와아아앙―!"

거대한 이미호로 실체화한 드란이 메카닉 두더지의 빨간색 버튼을 연속으로 2번 눌렀다.

지이이잉―!

누름과 동시에 메카닉 두더지의 안쪽에서 무엇인가가 가열되는 소리가 나며 벌게지기 시작했다.

드란이 그 모습에 황급히 앞발을 모아 들었다.

"바람의 술!"

푸화아악—!!

현신을 사용해서 위력이 2배로 증가한 바람의 술을 사용하자 메카닉 두더지가 바람에 의해 그대로 들려졌다. 그리고 때마침 레드 자이언트 웜이 정신을 차렸다.

"쿠에에에에에엑—!!"

거대하고 강력한 만큼, 공격 패턴이 얼마 없는 레드 자이언트 웜이 괴성을 지르며 돌격해 왔다. 그리고 드란은 바람의 술을 불어 메카닉 두더지를 레드 자이언트 웜을 향해 날려 보냈다.

"쿠에엑?"

"잘 가라, 망할 고추장 지렁이야. 불의 술!"

화르르륵—!

레드 자이언트 웜의 바로 앞까지 날아간 메카닉 두더지를 향해 드란이 불의 술을 사용하자 메카닉 두더지가 그대로 폭발했다.

퍼어엉—!!!

거대한 폭음과 함께 드란에게 수없이 많은 레벨 업 메시지가 떠올랐다.

하지만 아직 기뻐하긴 이르다.

"으아아악—!"

드란은 뒤로 돌아 미친놈처럼 뛰기 시작했다.

폭발의 충격은 작지 않다. 그 강력한 레드 자이언트 웜을 저세상으로 보낸 위력이니 말이다. 아직도 용솟음치는 폭발의 충격이 뒤로 도망치는 드란을 강타했다.

▼

검은 무언가에 잔뜩 그슬려져 있는 땅굴 안, 그곳에는 자이언트 웜의 어미이자, 자이언트 웜을 다스리던 레드 자이언트 웜이 네 갈래로 갈라진 입을 땅에 박은 채 푹 쪄져 죽어 있었다. 아직도 열기가 피어오르는 것이 죽은 지 얼마 되지 않은 듯해 보였다.

부스럭—

그때 레드 자이언트 웜의 주변에 있던 땅덩이가 움직이며 여우의 꼬리 두 개가 튀어나왔다.

"푸하악! 죽을 뻔했네."

메카닉 두더지의 자폭으로 인해 울린 충격에 드란은 그대로 땅에 깔렸지만, 운 좋게도 공간이 있던 곳에 깔려 목숨을 부지할 수가 있었다. 충격으로 인해 현신과 둔갑의 술이 자동적으로 풀려 버렸지만 말이다.

원래의 몸으로 돌아온 드란이 온몸에 묻은 흙먼지를 털며 인상을 찌푸렸다.

"콜록콜록! 하마터면 질식사할 뻔했네. 프토 이 자식, 반드시 목을 따 버릴 테다."

하지만 그런 드란의 표정도 아까 울려 퍼졌던 메시지로 인해 단숨에 풀어졌다.

"사, 상태창 오픈!"

—레드 자이언트 웜을 잡으셨기에, 명성 +300과 함께 '레드 자이언트 웜 슬레이어' 칭호가 주어집니다. 〈〈레드 자이언트 웜 슬레이어:힘 +10, 민첩 +5〉〉

```
캐릭터 이름:드란      레벨:41(Exp 2.32%)
칭호:영혼의 구원자, 레드 자이언트 웜 슬레이어
종족:이미호      명성:300      악명:200
상태:몬스터
생명력:830/830      요력:980/980
만복도:80%
힘:92(57+35)      민첩:165(130+35)      체력:38
지혜:35      지능:60      행운:5
보너스 스탯:0
공격력:69~124      방어력:106
마법 저항:무
```

"대단한 걸?"

상태창을 확인하던 드란은 레드 자이언트 웜 슬레이어라는 칭호를 얻은 것을 보고 기분이 좋아 펄쩍펄쩍 뛰었다.

그 전에 얻었던 영혼의 구원자보다도 힘이 무려 5나 더 추가된 칭호, 레드 자이언트 웜 슬레이어.

칭호는 특성상 여러 개를 중첩으로 낄 수 있기에 웬만한 장비 아이템을 득템하는 것보다도 좋다. 한계라는 것이 없으니 말이다.

더구나 악명과는 상극인 명성이 무려 300이나 증가했다. 10올리기도 힘들다는 명성이 300이나 증가하다니. 드란은 정말 기뻐서 미쳐 버리고 싶었다.

그런 드란을 더욱더 미치게 만드는 일이 있었으니, 바로 레드 자이언트 웜이 드랍한 아이템들이었다.

표피 셔츠(레어 F) —세트

자이언트 웜의 표피로 만들어진 셔츠. 그 내구성과 질김이 무척이나 뛰어나다. 단, 냄새가 심해 구역질을 유발하며, 생김새가 좋지 않음으로 예술을 사랑하는 이들에게는 모욕적인 작품이다.

내구력:170/170　　방어력:40

사용 제한:힘 60 이상, 민첩 50 이상

옵션:적의 공격을 받을 시 10% 확률로 적에게 구역질을 유발시킴. 구역질 500%

표피 바지(레어 F) —세트

자이언트 웜의 표피로 만들어진 바지. 그 내구성과 질김이 무

척이나 뛰어나다. 단, 냄새가 심해 구역질을 유발하며, 생김새
가 좋지 않음으로 예술을 사랑하는 이들에게는 모욕적인 작품
이다.

내구력:160/160   방어력:35

사용 제한:힘 60 이상, 민첩 45 이상

옵션:적의 공격을 받을 시 10% 확률로 적에게 구역질을 유발
시킴. 구역질 450%

레드 자이언트 웜의 눈(레어 F) ―세트

레드 자이언트 웜의 눈. 붉은빛의 눈이 몬스터들을 겁먹게 하
는데 효과적일 듯하다. 단, 냄새가 심해 구역질을 유발하며,
생김새가 좋지 않음으로 예술을 사랑하는 이들에게는 모욕적인
작품이다.

내구력:100/100   방어력:8

사용 제한:힘 80 이상, 지능 60 이상

옵션:적군의 사기를 20% 감소시킨다. 적에게 마법 공격을 할 시
40% 확률로, 적에게 구역질을 유발시킴. 구역질 200%

"대박이다!"

드란이 환호성을 내질렀다. 레드 자이언트 웜이라는 보스
몬스터답게 아이템을 대량으로 뿌려 주었다. 더구나 모두
다 표피 세트의 아이템들이다.

아니나 다를까 드란이 활성화 되어 있는 표피 세트를 살

펴보자 세트 효과들이 전부 파란빛을 내뿜으며 반짝이고 있
는 것이다.

> **표피 세트(레어 F)**
>
> 자이언트 웜의 표피로 만든 아이템들을 모을 경우 그 효과가
> 발동된다.
> 4세트 —활성화:힘 +10
> 5세트 —활성화:공격 속도 20%, 이동속도 20%
> 6세트 —활성화:스킬 '콜 자이언트 웜' 사용 가능

"이제 자이언트 웜을 다룰 수 있게 된다! 후후, 그러고
보니 뭔가 깜빡한 듯한데."

드란이 머리를 긁적이며 생각을 하다가 갑작스럽게 표정
이 굳어졌다.

"으아아악! 그동안 구한 자이언트 웜의 표피들이!"

프토에게 받은 퀘스트의 내용은 표피를 구해 오는 것이
다. 그런데 구해 둔 자이언트 웜의 표피들은 메카닉 두더지
의 자폭과 함께 가루가 되어 사라졌다.

결국 레드 자이언트 웜을 쓰러트리고 가 봤자 자신은 보
기 좋게 퀘스트 실패를 경험하게 될 것이다.

참으로 운도 없는 드란이다.

"아아악! 몰라! 이거라도 뜯어 가는 수가 있어도 표피를
구해 간다."

드란이 오랜만에 리자드 언월도를 꺼내서는 레드 자이언트 웜의 표피를 미친 듯이 긁어냈다. 그 엄청난 크기의 레드 자이언트 웜 덕에 드란은 무려 3시간이라는 장장의 시간이 흘러서야 레드 자이언트 웜의 모든 표피를 발라낼 수가 있었다.

드란이 숨을 헐떡이며 발라낸 레드 자이언트 웜의 표피를 인벤토리에 넣고는 그대로 주저앉아 버렸다.

"힘들어. 왜 이렇게 힘이 드는 거지?"

드란이 숨을 헐떡이는 채로 상태창을 둘러보고 난 후, 그 이유를 알 수가 있었다. 바로 3시간 가까이 표피를 발라내는 작업을 하다 보니 만복도가 무려 20%까지 하락해 버린 것이다.

"간, 생간이 필요해."

드란이 인벤토리를 열려고 했으나 이미 손은 자신의 통제를 벗어나 있었다.

'이, 이 상황은!'

자기 마음대로 움직이는 손에 드란이 당황해 버렸다. 이 상황은 바로 자신이 처음에 접속했을 때 제어가 되지 않던 그 상태가 아니던가?!

당황하고 있는 드란의 눈에 이제는 살만 남아서 처량하게까지 보이는 레드 자이언트 웜의 모습이 보였다.

'설마……'

설마가 사람 잡는다. 이 말을 실천이라도 하듯이 통제를 벗어난 드란의 손에서 자동적으로 손톱이 튀어나오며 레드 자이언트 웜의 가슴팍을 뚫었다.

그리고 나오는 레드 자이언트 웜의 생간. 특이하게도 처음 꺼냈던 자이언트 웜의 생간과는 다르게 뜻밖에도 레드 자이언트 웜의 생간은 오크 로드 카르취의 생간 보다 아주 조금 큰 정도였다. 더구나 누런색의 피가 아닌 사람과 같은 시뻘건 피가 덕지덕지 붙어 있는 것이, 왠지 모르게 먹음직스러웠다.

'그래, 이 정도라면……..'

이 정도라면 입이 찢어지지는 않을 것이다. 고민을 끝마친 드란이 그대로 레드 자이언트 웜의 생간을 입속으로 쑤셔 넣었다.

—띠링! 보스 몬스터 '레드 자이언트 웜'의 간을 섭취하였습니다. 영력 +950. 영구적으로 힘 +15, 민첩+10.

레드 자이언트 웜의 생간을 섭취한 드란의 눈이 퍼뜩 떠졌다. 이제 만복도를 회복해서인지 몸의 제어가 가능해졌기에 드란은 지금 이 상황이 믿겨지지 않았다.

"여, 영력이 950이나 증가했어!"

드란의 눈에는 힘과 민첩의 상승 따위는 신경도 쓰이지 않았다. 무조건 중요한 건 오직 영력뿐이었다.

무려 영력이 950이나 증가했다. 즉, 일반 몬스터 950마리의 생간을 먹은 셈이나 마찬가지이다.

"와하하하! 참으로 기분이 좋구나!"

드란이 덩실덩실 춤을 추며 좋아했다. 이제 이것으로 950번의 피 맛을 느낄 필요가 없어졌다. 또 드란은 영력 때문에 신경을 쓰지 않았지만, 힘 +15와 민첩 +10의 증가 는 후에 막대한 영향을 끼칠 것이 분명했다. 총 25의 보너 스 스탯을 얻은 셈이니 말이다.

그렇게 드란은 기분 좋은 표정으로 춤을 추며 땅굴 기지 로 발걸음을 옮겼다.

▼

레드 자이언트 웜을 처치하고 난 후, 땅굴 기지로 돌아가 는 드란의 발걸음은 무척이나 가벼웠다.

당연하게도 발견되어야 할 자이언트 웜을 미리 처리하고 왔기에 드란을 막는 자이언트 웜이 없었기 때문이다. 만약 메카닉 두더지에 탑승하지 않은 드란에게로 자이언트 웜이 달려든다면 드란으로서는 죽음을 맞이할 수밖에 없는 노릇 이니 말이다.

드란은 이제 슬슬 땅굴 기지에 가까워 오자 황급히 나뭇 잎을 머리에 썼다.

"둔갑의 술!"

펑―!

드란이 퀘스트를 위해 본래의 모습에서 다시금 두더지 드 토의 모습으로 변화되기 시작했다.

"이제 가 볼까나."

둔갑의 술로 모습을 변화시킨 드란이 총총걸음으로 땅굴 기지에 들어서자 많은 두더지들이 입을 쩍 벌렸다.

"드토가 살아 돌아왔다!"

"이럴 수가! 자이언트 웜의 주거지에서 살아 돌아오다니!"

그런 두더지들의 외침을 들은 것인지, 기계 대장 프토가 어느새 헐레벌떡 뛰어오며 드란을 맞이했다.

"메카닉 두더지는 어디로 간 거냐?"

"예?"

드란은 자신의 안위보다 메카닉 두더지의 행방을 찾는 프토의 행동에 갑작스럽게 화가 났다. 마치 자신보다 메카닉 두더지가 더 가치 있는 듯 말하는 행동 때문이다.

확 목을 따 버리고 싶은 마음이 온몸을 지배했지만, 간신히 다스린 드란은 인벤토리에서 레드 자이언트 웜의 표피를 꺼내 들었다.

그것을 본 기계 대장 프토는 물론이요, 가까이에 있는 두더지들과 멀리 있던 대대장 무토와 행동대장 아토의 눈이 동그래졌다.

"레, 레드 자이언트 웜!"

무토가 버럭 소리를 치며 드란에게로 뛰어오더니 몸 상태를 살폈다. 그리고는 기절이라도 할 듯이 소리를 질렀다.

"레드 자이언트 웜 슬레이어! 그 전설적인 마물을 제거한 자가 나타나다니!"

"뭐, 뭐라고?!"

기계 대장 프토 역시 무토의 말에 드란의 몸을 살피며 다시금 무토와 같은 말을 내뱉자 모든 두더지들이 드란을 존경스러운 눈으로 바라보았다.

아마도 레드 자이언트 웜은 두더지들에게 천적을 뛰어넘는, 마물이라는 말을 들을 정도까지 최악의 몬스터인 듯했다.

그런 두더지들의 행동에 당황한 드란이 머리를 긁적이던 중 오미호면서, 이곳에서는 의사 두더지인 닥토가 천천히 다가왔다.

"대단하군, 역시 우리의 일족이라니까."

간단하면서도 자신의 일족을 추켜세우는 말이다. 물론 옆에 있는 두더지들은 자신들의 종족을 말하는 줄 알고 펄쩍펄쩍 뛰며 좋아했다.

그리고 기계 대장 프토는 아직도 어리벙벙한지 멍하게 있다가 드란이 주는 레드 자이언트 웜의 표피를 받고는 잽싸게 자신의 연구소로 뛰어갔다.

프토의 행동에 무토기 미안한 듯 드란의 어깨를 두드리며 말했다.

"드토, 자네는 영웅이야. 그런 자네에게 내 친히 '구원 대장'의 칭호를 내리겠다. 이 구원 대장의 등급은 나 대대장과 동급으로 치며, 이곳 땅굴 기지에서 절대적인 영향을 미칠 것이다."

> 자이언트 웜의 표피를 구하라! 퀘스트가 완료됐습니다.
> 땅굴 기지를 만들어서 생활하고 있던 두더지들은 매번 습격해
> 오는 자이언트 웜에게 위기에 처해 있었습니다.
> 하지만 당신은 그런 자이언트 웜의 지배자인 레드 자이언트 웜
> 을 처리함으로써 두더지들에게 영웅으로 추켜세워졌습니다.
> 땅굴 기지의 모든 이들에게 영웅으로 불려진 당신에게 '구원
> 대장'이라는 칭호가 주어집니다.
> 《구원 대장 = 두더지 마을에서 물건 구매 시 가격 20% 감소,
> 판매 시 10% 증가. 모든 두더지들과의 친밀도 +100%》

뜻하지 않은 칭호 수여이다. 그것도 대대장과 동급으로
치는 구원 대장이라니.

그런 드란의 모습에 벌벌 떠는 이들이 있었으니, 바로 한
때 신참 두더지라며 드란을 괴롭혔던 고참 두더지 엘토와
센토였다. 이제 그들의 등급은 드란의 아래에서 한참의 아
래로 떨어졌다. 그러니 이제 반대 상황으로 드란이 까라면
까야 하는 상황이다.

"그리고 이것은 나의 보상일세. 프토 녀석이 레드 자이언
트 웜의 표피 연구에 푹 빠지는 바람에 말이야. 내, 대신 보
상을 주도록 하지."

대대장 무토이 말과 함께 묵직한 주머니를 내밀었다. 주

머니가 꿈틀 대는 것을 보니 무엇일지는 안 봐도 비디오이다.

"감사드립니다. 무토 대대장님!"

"허허, 아닐세. 그리고 구원 대장. 우리는 이제 동급이야. 말을 놓게나."

"그럼, 고맙다. 무토!"

▼

드란이 발걸음을 옮기며 인벤토리를 살펴보았다.

92골드 28실버 22쿠퍼(리자드맨의 증표(귀속)), 칠미호의 털(귀속), 예리한 롱소드, 튼튼한 가죽 셔츠, 작업용 드릴, 작업용 모자, 작업용 부츠, 잡템X87, 유저들의 생간X10, 일반 몬스터들의 생간X72, 땅굴 지렁이X250, 92골드 28실버 22쿠퍼.

인벤토리를 살펴보던 드란의 얼굴에 흐뭇함이 묻어났다. 무토에게 받은 땅굴 지렁이는 무려 170여 개, 730여만 원에 가까운 돈이다. 그리고 드란은 이 250개에 다다르는 땅굴 지렁이로 이곳 땅굴 기지에서 제일 좋은 무기를 하나 마련할 생각이다.

"그나저나 유저들의 생간을 어떻게 처리할까."

유저들의 생간을 바라보는 드란의 눈빛이 번뜩였다. 그러고 보니 이제 삼미호가 되려면 필요한 영력이 얼마 남지 않은 듯하다. 그동안 생간들을 꾸준히 먹어 왔으니 말이다.

"스킬 확인, 삼미호의 길!"

> **삼미호의 길(초급, 패시브)**
>
> 이미호는 구미호 일족의 시작이나 다름없습니다. 구미호는 옛
> 날 그 힘이 하늘의 뒤엎는다고 하여, 요술에 그 어떤 종족보다
> 능숙했습니다. 다른 이들의 힘을 취하여 꼬리를 늘려 구미호
> 일족의 힘을 부활시키십시오.
>
> 《〈영력 1,672/2,500〉》

이제 대충 900정도를 더 채우면 삼미호가 될 수 있다. 유저들의 생간이 10개이니 대충 100씩 증가한다고 쳐도 바로 삼미호로 될 수 있는 조건이 충족된다.

하지만 드란은 꺼내려던 유저들의 생간을 도로 집어넣었다.

"이곳은 땅굴 기지, 자칫해서 삼미호로 변하며 둔갑의 술이 풀리면 안 되니까."

드란의 말대로 삼미호로 변하게 된다면 현신을 할 때와 비슷하게 적용이 되며 둔갑의 술이 풀릴 수가 있다. 드란은 그런 것을 바라지 않음으로 입맛을 다시며 유저들의 생간을 도로 인벤토리에 집어넣었다.

그렇게 생각을 하는 동안 걸어오니 어느덧 무기 상점에 다다른 드란이 땅굴 지렁이를 손에 쥔 채 들어섰다.

"어이구! 구원 대장 드토 님이 아니십니까! 어서 오십시오!"

상점으로 들어선 드란의 모습에 상점주인이 지난번과 똑같이 넉살좋게 웃음꽃을 피웠다. 단 하나 다른 점이 있다면 구원 대장인 자신을 알아보며 말한다는 점이었다.

"이곳에서 제일 좋은 아이템을 소개시켜 줄 수 있을까?"

"넵! 조금만 기다려 주십쇼!"

드란의 말에 상점주인이 헐레벌떡 창고 안으로 뛰어가서는 하나의 목걸이를 가져왔다.

"이것이 저희 가게 아니, 모든 땅굴 기지를 뒤져 봐도 하나 나올까 말까 한 최강의 아이템입니다요!"

대지의 목걸이(유니크 F)

대지의 여신 레이리아의 힘이 깃들여졌다고 알려지는 목걸이. 땅굴 기지에서 상점을 운영하는 두더지인 카토가 젊은 시절 땅굴을 파다 발견한 유물이다. 하루에 한 번 대지를 울리는 일격을 할 수 있다고 알려져 있다.

내구력:110/110   방어력:10

사용 제한:힘 90 이상, 민첩 90 이상, 지능 60 이상

옵션:대지 계열의 공격력과 내성 10% 증가, 1일 1회로 스킬 〈어스 퀘이크〉 사용 가능

가격:땅굴 지렁이 300마리 or 그에 상응하는 광석

아이템을 확인하는 드란이 입이 제대로 벌어졌다.

'유니크 아이템!'

귀하디귀한 유니크 아이템이 이런 땅굴 속에서 발견되다니! 유니크 아이템은 돈이 많다고 쉽게 구할 수 있는 아이템이 아니다. 구하기가 힘든 편이기는 하지만 여러 개 존재하는 레어급의 아이템과는 달리 유니크 아이템은 대륙에 오직 1개에서 5개 까지밖에 존재하지 않는 희귀성이 높은 아이템이다. 그런 유니크 아이템을 이런 곳에서 발견을 하다니. 천운이 아닐 수 없다.

하지만 하나 아쉬운 점이 있었으니, 바로 대지의 목걸이의 가격이었다.

'젠장, 땅굴 지렁이가 50마리나 부족해!'

현재 가지고 있는 땅굴 지렁이는 약 250여 마리. 하지만 대지의 목걸이의 가격은 300마리이다. 머리를 쥐어뜯고 싶은 심정인 드란이다. 하지만 이어지는 상점주인 카토의 말에 드란이 눈에 확 떠졌다.

"드토 님은 구원 대장이시니 제가 특별히 땅굴 지렁이 300마리를 20% 깎아 드려 240마리에 팔겠습니다. 구매하시겠습니까?"

땅굴 기지 모든 상점에서 판매하는 물건의 가격 20% 삭감의 위력! 이것으로 300마리를 내야 하는 대지의 목걸이의 가격이 240마리로 깎였다. 즉, 구매가 가능한 상황!

구원 대장의 뜻밖의 효력에 드란은 덩실덩실 춤을 추고

싶은 심정이다.

드란은 바로 그 자리에서 땅굴 지렁이를 꺼내 상점주인 카토에게 240개를 건네고 대지의 목걸이를 받았다.

대지의 목걸이를 구매하고 자세히 보니 무척이나 아름다운 모양새를 갖추고 있었다. 가운데에 박혀진 흙빛의 보석은 마치 토파즈를 연상케 했고, 그 보석 가운데에 생긴 한 여인의 모습은 작으면서도 무척이나 아름다웠다.

드란은 그런 대지의 목걸이를 기분 좋게 목에 걸었다. 이 것으로 대지 계열의 공격력과 내성이 10%나 증가했다.

그리고 또 유니크 아이템에 붙여져 있는 강력한 특이 스킬 하나를 얻어 냈으니 드란의 위력은 더더욱 강해질 것이다.

드란은 이후 기분 좋게 대지의 목걸이를 장착한 상태로 상점 밖으로 나섰다.

▼▼

상점을 나와 땅굴 기지로 나온 드란이 할 일은 이제 단 하나 남았다.

바로 이곳 땅굴 기지를 벗어나 밖으로 나가는 것! 너무 오랫동안 땅속에 있었으니 태양이 그리웠고, 또 더 이상 이곳에서 할 일이 없었다.

"안녕히 가십시오, 구원 대장님."

"잠시 기다리게! 자네 혹시 이방인이 맞는가? 구원 대장."

대대장 무토의 말에 드란은 고개를 끄덕였다.

"오호! 역시 그렇군. 그렇다면 이것을 가져가게. 우리가 이방인인 자네에게 주는 선물이라네."

무토가 건네는 물건을 드란이 잽싸게 낚아챘다. 애초에 자신이 이곳에 들어온 이유가 이것이 아니었던가? 드란은 과연 이것이 무엇일지 무척이나 궁금했다.

메카닉 두더지 보관함(특수 S) ―귀속

메카닉 두더지가 들어 있는 보관함. 단 한 번이지만 메카닉 두더지를 소환해서 착용할 수 있다.

사용 제한:드란 ―귀속 아이템

옵션:메카닉 두더지 1회 소환 소모 아이템

어마어마한 파괴력을 자랑하는 메카닉 두더지를 소환할 수 있게 해 주는 아이템! 비록 소모용 아이템이라지만 메카닉 두더지를 조종해 본 드란으로서는 그 위력을 충분히 실감하고 있다.

'이것은 최강의 아이템이다!'

솔직히 이것이 없었다면 레드 자이언트 웜을 죽이는 것은 물론, 보통 자이언트 웜한테도 쩔쩔매는 것이 보통이다. 왜냐하면 그들의 레벨은 드란보다도 한 수 위이기 때문이다.

드란의 눈이 반짝거리며 두더지들을 바라봤다.

"고맙게 받겠어, 대대장 무토."

"그래, 말리고 싶지만 어쩔 수 없지. 잘 가게, 구원 대장 드토."

떠나는 자신을 안타까워하는 대대장 무토와 다른 두더지들에게 씨익 미소를 날려준 드란이 밖으로 걸어가기 시작했다.

두더지의 몸이라 가볍게 땅굴을 통과한 드란을 따사로운 태양이 맞이해 주었다.

드디어 땅굴 속에서 나올 수 있었다.

제9장
삼미호

"드디어 삼미호가 되는 건가."

드란은 둔갑의 술을 해제하여 본래의 모습으로 돌아간 상태로 인벤토리 안에 있는 유저들의 생간 10개를 바라봤다. 붉은 빛색의 피가 아직도 촉촉이 남아 있는 생간.

대충 한 개당 영력이 100씩 증가한다고 쳐도, 충분히 삼미호의 길을 마스터하여 삼미호가 될 수 있다.

드란이 유저들의 생간 중 하나를 집어 들어 꿀꺽 삼켜 버렸다.

—띠링! 33레벨의 유저 '리베토'의 간을 섭취하였습니다. 영력 +230. 영구적으로 힘 +5, 민첩 —3.

—띠링! 32레벨의 유저 '레스'의 간을 섭취하였습니다.

영력 +220. 영구적으로 민첩 +4, 힘 —2.

—띠링! 32레벨의 유저 '아렌'의 간을 섭취하였습니다.
영력 +220. 영구적으로 민첩 +4, 힘 —2.

—띠링! 30레벨의 유저 '하룬'의 간을 섭취하였습니다. 영력 +200. 영구적으로 지능 +4, 지혜 +3, 힘과 민첩 —3.

……

……

생간을 전부 삼키고 난 후 드란은 이미호로 변화될 때와 마찬가지로 누군가가 자신을 수십, 수백 개의 바늘로 찌르는 듯한 고통을 느꼈다. 아니, 오히려 이미호 때보다도 더욱더 고통스러웠다.

"으아아악!"

숲 속 안에서 퍼지는 드란의 고통 어린 외침에 숲 속의 새들이 놀라 달아났다.

"크르르르—!"

또 다시 드란의 입에서 인간의 것이 아닌 짐승의 울음이 울려 퍼졌다. 그리고 이후로 드란의 엉덩이 부분에서 하나의 꼬리가 솟아오르고 있었다.

—띠링! 스킬 '삼미호의 길'의 조건을 충족시켰습니다. 종족이 이미호에서 삼미호로 변화되며, 상태와 스킬이 변화

됩니다.

"캬르르르릉!"

한껏 오른 여우의 소리가 숲 속을 울려 퍼트렸다. 지난번과 똑같이 이 소리를 어떻게 냈는지 알 수 없는 드란이다.

새로 돋아난 세 번째 꼬리가 세상에 나와 기분이 좋다는 듯 살랑거리며 좋아했다.

"헉헉, 이건 진짜 사람이 할 짓이 못 되는군."

차라리 생간을 200개 연속으로 먹으라면 먹겠다. 이런 진화하는 고통은 참기가 참으로 힘들었다. 바늘 수십, 수백 개가 온몸을 꽂히는 느낌은 절대로 다시 느껴 보고 싶지 않다.

드란은 이미호 때와 마찬가지로 상태와 스킬이 변화되었다는 말에 상태창과 스킬창을 살폈다.

캐릭터 이름:드란　　레벨:41(Exp 2.32%)

칭호:영혼의 구원자, 레드 자이언트 웜 슬레이어

종족:삼미호　　명성:300　　악명:200

상태:몬스터

생명력:1,130/1,130　　요력:1,280/1,280

만복도:100%

힘:117(72+45)　　민첩:185(150+35)　　체력:48

지혜:45　　지능:75　　행운:10

보너스 스탯:0

공격력:76~137   방어력:199

마법 저항:대지 계열 공격력, 내성 10%

특이 옵션:표피 세트(레어 F) 적용 중

사미호의 길(초급, 패시브)

삼미호는 구미호 일족의 시작이나 다름없습니다. 구미호는 옛날 그 힘이 하늘의 뒤엎는다고 하여, 요술에 그 어떤 종족보다 능숙했습니다. 다른 이들의 힘을 취하여 꼬리를 늘려 구미호 일족의 힘을 부활시키십시오.

⟨⟨영력 1,660/7,000⟩⟩

간 섭취(중급, 액티브)

구미호는 예로부터 다른 이들의 힘을 취하기 위해 간을 먹어 왔습니다. 간을 섭취할 경우 떨어진 생명력과 요력, 그리고 만복도를 채워 주며, 영력을 얻어 낼 수가 있습니다. 또한 일정 확률로 약간의 시간 동안 간을 섭취당한 자의 중량의 힘을 얻을 수가 있습니다.

⟨⟨생명력과 요력 25% 회복, 영력 1~2 증가. 5%의 확률로 30분 동안 상대방의 특징을 중량 얻어낼 수 있습니다.(보스 몬스터나 특이 몬스터의 간을 섭취할 경우에는 효과가 더욱 증가합니다.) 요력 소모 없음⟩⟩

바람의 술(상급, 액티브)

구미호의 일족이라면 태어날 때부터 누구나 사용할 수 있는 기본적인 요술로, 요력에 바람의 힘을 담아 몸속에서 방출시킬 수가 있습니다. 데미지는 그리 강력하지 않지만 적을 멀리 날려 버리는 효과가 있습니다.

《《한 개의 꼬리당 120의 데미지와 함께 적을 날려 버립니다. 요력 소모 100》》

현신(초급, 액티브)

구미호의 비장의 요술로, 인간의 몸에서 본신의 여우의 몸으로 변화시킵니다. 단, 오미호 이하일 때의 현신 사용 시에는 그 힘이 부족하여 체내에 쌓인 영력의 힘을 사용하며, 1분당 10의 영력을 소모합니다.

《《1분당 10의 영력 소모.(육미호 이상일 때에는 패널티를 받지 않음) 공격력 200% 증가, 민첩X2》》

불의 술(중급, 액티브)

구미호의 일족이 즐겨 사용하는 요술로, 요력에 불의 힘을 담아 몸속에서 방출시킬 수가 있습니다. 다른 요술들과 다르게 화(火)의 속성을 지니고 있어 파괴력이 월등히 강력하며, 높은 확률로 화상을 입히는 효과가 있습니다.

《《한 개의 꼬리당 270의 데미지와 함께 50%의 확률로 적에게 5초당 30의 데미지를 입히는 지속 시간 30초의 화상을

입힙니다. 요력 소모 220〉〉

둔갑의 술(초급, 액티브)

구미호의 일족들은 가끔씩 다른 이의 존재로 둔갑하여 살아가는 재미를 누릴 때가 있습니다. 그것을 위해 있는 요술이 바로 이 둔갑의 술입니다. 한 번 접촉한 상대의 생김새면 언제든지 변신할 수 있으며, 사용 시 상태가 중립으로 변화됩니다.

〈〈몬스터 상태를 중립 상태로 만들어 준다.(상황에 따라 다르다) 한 번 접촉한 상대라면 그것이 드래곤이라 해도 둔갑이 가능. 단 거대한 생명체로 둔갑을 할 시에는 목숨을 걸어야 할지도 모른다. 요력 소모 300(둔갑할 존재의 크기에 따라 변화됨)〉〉

번개의 술(초급, 액티브)

구미호의 일족이 즐겨 사용하는 요술로, 요력에 뇌전의 힘을 담아 몸속에서 방출시킬 수가 있습니다. 또 상대의 몸을 짧은 시간 저리게 하여 마비시키는 전(電)의 속성을 지니고 있어 효율성이 월등하며, 높은 확률로 상대를 마비시킨다.

〈〈한 개의 꼬리당 100의 데미지와 함께 50%의 확률로 적을 5초간 마비시킵니다. 요력 소모 150〉〉

영계 소환의 술(초급, 액티브)

구미호의 일족은 대대로 영계와 영혼이 이어져 있는 특이한 종족입니다. 또 구미호는 자신의 힘을 빌려 영계의 정신체를 현재의 세상에 실현시킬 수 있으며, 그 위력은 꼬리가 자라날수록 강해진다. 또 영계의 정신체가 현재의 세상에서 죽어도 그것은 죽는 것이 아니라 단지 자잘한 충격을 받는 것이다.

≪꼬리가 늘어날수록 소환할 수 있는 영계의 정신체의 한계가 있으며, 그 위력이 강해진다. 현재 실현 가능한 영계의 정신체: 도깨비불. 요력 소모 100≫

혼약 제조(초급, 액티브)

구미호의 일족은 영계와 친분이 돈독한 만큼 죽은 이의 힘이 응축된 생간을 이용하여 혼약을 제조할 줄 알았습니다. 생간을 이용하여 혼약을 제조할 경우 영력의 증가 효과가 사라지지만 하급에 해당하는 회복 약의 효과를 낼 수 있고, 또 30%의 확률로 혼약에 사용된 생간의 주인이던 자가 주로 사용하던 능력과 특징이 20분간 증가합니다.

≪효과는 혼약에 사용된 생간에 따라 달라집니다. 단, 혼약 제조에 사용된 생간의 영력 증가 효과가 사라지는 건 동일합니다. 요력 소모 30(사용되는 생간에 따라 변화됨)≫

삼미호로 진화하자 힘과 민첩 등의 스탯이랑 스킬의 숫자가 꽤나 증가했다. 또 특이하게 눈에 띄는 것은 바로 초급에서 중급으로 상승한 간 섭취! 초급이었을 때는 고정적으로 1만이 상승했지만 이제는 1~2로 랜덤적으로 상승 효과가 나타났다. 이것으로 드란이 삼키는 생간이 조금이나마 줄어들 수 있을 것이다.

하지만 그러던 드란의 눈에 띄는 것이 있었으니.

"……장난해?"

삼미호의 길을 깨고 나자 보이는 사미호의 길, 무려 요구 영력이 7천이나 된다. 비록 먹었던 유저들의 영력이 무려 생간 한 개당 200을 넘어가 2천 가까이 차올랐으니 총 요구 영력은 5천 5백 정도가 된다. 하지만 5천 5백이라고 해도 '삼미호의 길' 때의 2배에 가깝다. 무려 2배나 더 노력해야 가능한 일인 것이다.

드란은 이런 리펙터 월드의 시스템에 혀를 끌끌 차고는 획득된 스킬들을 제대로 확인했다.

무엇보다 새로 생긴 스킬 중에 좋은 것은 번개의 술이다. 적을 5초간이나 마비시킬 수 있는 위력이니 말이다. 확률이 50%나 되니, 최소 2번을 사용하면 1번은 성공한다는 것이다.

그리고 또 영계 소환의 술은 지금은 그 위력이 빈약하지만 구미호가 된다면 얼마나 강해질지 몰랐다. 또 실현 가능한 정신체가 도깨비불뿐만이 아니라 강해질수록 더 강한 녀석을 실현한다는 것이니, 후반부로 갈수록 강해지는 소환 스킬이라고 보면 된다.

거기다가 혼약 제조라는 스킬은 오직 연금술사들만이 제작할 수 있던 포션의 기능을 어느 정도 낼 수 있을 것이다.

비록 영력의 증가가 사라지는 패널티가 존재한다는 것이 안타깝지만 말이다.

더구나 스탯이 대폭 증가했으니, 동 레벨대의 유저들끼리 비교해도 상위 측에 속한 이가 바로 드란일 것이다.

"좋아 이렇게 된 거, 내 반드시 구미호 아니, 십미호가 되어 주겠다!"

▼

"이번에는 커다란 오크보단 고블린이 좋겠어."

드란이 말과 함께 고블린의 생간에 요력을 불어넣었다.

드란의 집중되는 요력을 그대로 맞은 고블린의 생간이 마치 살아 있던 것처럼 꿈틀거리더니 이내 작은 환단으로 변화되었다.

> 혼약 제조로 고블린 혼약을 제조했습니다.
> 만복도를 30% 채워 주고 30초에 걸쳐 300의 생명력을 회복합니다.
> 30%의 확률로 20분간 민첩 +20, 힘 -5

"이번에는 민첩이 증가하고 힘이 감소되는 건가?"

고블린 혼약을 확인하던 드란은 말과 함께 약방에서 쉽게 볼 수 있게 생긴 환단의 모습을 가지고 있는 고블린 혼약을 인벤토리에 집어넣었다.

땅굴을 나오고 난 다음 삼미호가 된 드란은 우선적으로 쉽게 사용할 수 있는 혼약 제조 스킬을 자주 사용하며 걷고 있었는데, 지금 생간에서 혼약으로 변화된 것이 제법 되었다.

비록 영력의 효과가 사라진다고 하지만 생명력 회복과 능력치의 상승효과를 가진 혼약은 그런 영력이 사라지는 패널티를 가져도 될 정도로 매력 있는 아이템이었다.

무엇보다도 혼약은 거래가 가능하니 말이다.

물론 생간도 거래가 가능하지만 사람한테 피가 덕지덕지 묻어 있는 생간을 파는 일은 상상도 할 수 없었다. 생간이랑 환단, 선택하라면 무엇을 선택하겠는가? 당연히 환단이지.

"예비로 생간은 30개 정도 남겨 두자."

총 72개나 되는 생간들 중 42개를 혼약으로 변화시킨 드란이 앞으로 빠르게 걸음을 옮기기 시작했다.

숲 속을 걷고 있는 드란의 눈에 자연의 풍경이 그대로 담겨진 채 펼쳐졌다. 모르는 사람이 보면 이것이 현실인지 가상현실인지 알아보기가 힘들 정도로 말이다.

"이 지긋지긋한 숲의 끝이다!"

드란의 눈에 숲의 끝이 보였다.

"드디어 자유다!"

땅굴 속에서 벗어나고 숲 속도 벗어난 드란의 시야에 제법 잘 지어진 중세 시대의 도시가 보였다.

"얼마 만에, 인간의 마을이냐!"

저런 도시를 건설할 수 있는 종족은 오직 인간뿐이다. 다른 종족들은 저런 거대한 건물들의 필요성을 느끼지 못하니 말이다.

드란은 이제 제대로 된 음식을 먹을 수 있을 것 같아, 좋아하며 둔갑의 술로 로그 유저였던 레스로 둔갑했다.

"우선 가서 배 터지게 먹는 거야. 생간은 지긋지긋해."

드란은 말과 함께 빠르게 걸음을 옮겼고, 이내 도시로 들어설 수가 있었다.

"누구나 꿈에 그리던 길드, 헤르레스 길드에서 여러분을 따뜻하게 맞아 드립니다!"

"진정한 전사들이여, 우리 레탕스 길드로 와라!"

"낡은 오크들의 글레이브 비싸게 매입합니다! 저 대장장이 한스에게 맡겨 주세요!"

"파티원을 구합니다. 마법사 대환영. 탱커 2명 대기 중."

도시로 들어선 드란의 눈에 외치기 모드로 시끌벅적하게 떠드는 유저들의 모습이 눈에 쉽게 띄었다. 덕분에 도시의 광장은 조용할 날이 없었다.

구미호의 일족이어서 오감각이 인간에 비해 더욱 활성화된 드란은 그 시끄러운 소리에 귀를 막고 인상을 찡그렸다.

"시끄러워 죽겠군."

드란이 신경질이 난 듯 짜증을 냈다.

그러던 중 뒤에서 누군가가 말을 걸어왔다.

"어이, 레스. 어디 있었어, 빨리 가자고. 이번에야말로 그 망할 리자드맨 히어로한테 복수를 할 때 아니겠어?"

어디선가 들어 본 굵직한 목소리. 뒤를 돌아보니 아니나 다를까, 바로 자신이 엘리스. 즉, 샤린으로 둔갑을 했을 때 만났던 이들 중의 리더인 리베토가 자신을 로그 유저였던 레스로 알고 말을 걸어 온 것이다.

드란이 잠시 생각에 빠져 멍하니 있자 그것을 본 리베토가 머리를 박박 긁으면서 드란의 머리통을 후려쳤다.

"평소답지 않게 뭘 그리 멍하게 있어, 빨리 가자고. 아렌하고 하룬도 드디어 복수를 할 수 있게 되었다면서 좋아하고 있다고. 빨리 와."

복수?

그러고 보니 아까 리베토가 리자드맨 히어로에게 복수를 할 수 있게 되었다고 했다. 이곳에 있는 리자드맨 히어로라면 당연히 누구겠는가?

'하륵이다. 무슨 일이 있는 건가?'

비록 자신의 이익을 위해서 하륵을 속여 리자드맨 마을에 잠입했던 드란이지만 고블린들과 전쟁을 치르면서 왠지 모를 정이 들었다. 더구나 리자드맨 마을의 일원들은 전쟁의 승리로 인해 전부 레벨 업과 함께 사기가 상승했다. 원래부터 강했던 리자드맨들이 더더욱 강해진 것이다.

드란은 일단 리베토를 따라가기로 마음먹었다.

"미안하다. 자, 어서 가자고!! 몸이 근질근질하군."

"후후, 역시 레스라니까."

드란이 하는 말에 리베토가 기분 좋게 웃으며 드란을 이끌었다.

이윽고 리베토가 데려간 곳에는 여전한 멤버인 궁수 유저 아렌과 마법사 유저 하룬, 그리고 처음 보는 붉은빛 머리에 장검을 낀 라이스라는 유저가 기다리고 있었다.

"어디 갔었냐, 레스. 기다렸잖아."

"하하, 미안하다."

아렌이 멋들어진 활을 뒤에 맨 채 드란을 추궁했다. 정확히는 둔갑되어 있는 모습인 레스를 추궁한 것이지만 말이다.

드란은 미안하다는 말과 함께 재빠르게 아렌과 하룬, 그리고 리베토와 붉은빛 머리의 유저를 곁눈질로 살펴보고는 놀랐다.

'지난번에 비해 장비가 훨씬 강화되어 있군. 거기다가 저 리베토 저 녀석 판금 갑옷에서 이제는 룬 문자가 새겨진 마법 판금 갑옷으로 바꾼 것 같고. 무엇보다 위험한 건 저 녀석. 새로 보는 라이스라는 녀석이야……'

이제 드란에게 드는 생각은 단 하나다.

'하륵이 위험하다. 아니, 리자드맨 마을. 그 자체가 위험해.'

▼

"어라? 뭐야! 이것들 다 어디 갔어!"

도시 광장에서 한 유저가 주변을 둘러보며 어리둥절한 표정으로 소리쳤다.

"크아아! 이놈들! 치사하게 나만 두고 가냐!"

머리 위에 닉네임으로 레스라고 적혀 있는 유저가 화를 내며 드란과 리베토 일행이 향한 곳으로 뛰어갔다. 바로 리자드맨 마을이 있는 방향이었다.

♦

리자드맨 마을은 고블린과의 전쟁 이후 무척이나 강대해졌다. 하지만 그것이 문제가 될 줄은 상상도 못했다.

너무도 강한 힘은 화를 부른다. 아니나 다를까, 리자드맨 마을은 수많은 유저들에게 공격을 받았고, 이제는 고블린과의 전쟁 이전보다도 약해져 있는 상태이다.

리자드맨 마을에서 제일 강한 영웅 몬스터 리자드맨 히어로 하륵이 주변을 둘러보며 중얼거렸다.

"크륵, 왜 안 오시는 겁니까. 드륵 님이시여."

드륵, 드란이 리자드맨의 모습으로 둔갑했을 때의 가명으로 이곳에서는 리자드맨 샤먼으로 알려져 있다.

하륵은 그런 드륵을 기다리며 끈질기게 쳐들어오는 유저들을 죽이는 입장이다.

하지만 유저들은 죽어도 다시 부활한다. 끈질긴 유저들의 공격에 리자드맨 마을은 이제 몇 번만 더 공격을 받으면 무너질 정도로 휘청거린다.

"저는 믿습니다. 드륵 님. 반드시 올 것이라고 말입니다."

하륵이 말과 함께 다시금 이곳 리자드맨 마을로 들어오려는 5명의 유저를 노려봤다. 바로 자신이 그토록 오기를 바라던 드란, 그리고 리베토 일행이었다.

▼

"좋았어, 이제 리자드맨 마을로 진입이다. 흐흐."

리베토가 자신의 앞길을 막는 리자드맨 한 마리를 가볍게 베어 내며 웃었다.

"좋았어, 가자고 그래."

"그나저나 레스, 너 무슨일 있어? 왜 지금까지 리자드맨들을 하나도 죽이지 않는 거야?"

제법 똑똑한 축에 속하는 마법사 유저인 하룬은 제일 리자드맨들에게 분노했던 레스가 리자드맨들을 죽이지 않고 망설이는 모습을 자꾸 보이자 이상함을 느끼며 물어왔다.

그런 하룬에게 드란은 가볍게 대꾸했다.

"난 힘을 아끼겠어, 그리고 그렇다고 치면 저 라이스에게도 추궁을 해야 예의가 아닐까? 라이스도 아직 한 마리의 리자드맨들을 죽이지 않았잖아."

드란의 말대로 라이스라는 유저 역시 리자드맨들을 죽이지 않고 그냥 걸어왔다. 하지만 웬일인지 하룬은 드란의 그런 말에 입을 다시고는 고개를 돌렸고, 라이스라는 유저는 드란을 향해 대답했다.

"내가 노리는 건 리자드맨 히어로뿐이다. 잔챙이는 필요 없다."

"……."

라이스의 말에 드란은 말없이 걸었다. 하지만 그러면서 이제는 회색빛으로 물들어서 사라져 죽은 리자드맨들을 바라보는 것은 잊지 않았다.

'미안하다. 지켜 주지 못해서.'

리자드맨의 죽음에 한 번 묵념을 한 드란이 주먹을 꽉 쥐었다.

'리베토 일행, 너희는 잘못 건드렸어. 리자드맨 마을과 하륵은 나의 친구다. 그리고 그들을 공격하는 너희는 나의 적이다.'

드란이 생각과 함께 리베토 일행과 리자드맨 마을로 들어서니 10여 마리의 리자드맨들이 등장했다.

"크르륵, 인간. 죽이겠다."

"크륵, 용맹한 하륵 님과 지혜로운 드륵 님을 위해!"

리자드맨들이 호기롭게 외쳤다. 그리고 그중에는 드란 자신이 리자드맨일 때의 모습인 가명 드륵도 섞여 있었다.

하지만 그들의 외침에 리베토는 가볍게 비웃음을 보이고는 검을 쭉 뻗었다.

"웃기는 도마뱀 녀석들, 파워 웨이브!"

촤아악—!

검이 땅을 내려치자 리자드맨들을 향해 3개의 충격파가 날아갔고, 그 충격파는 리자드맨 3마리의 목숨을 앗아갔다.

당연하게도 리자드맨들의 레벨은 평균적으로 34에서 35인데 리베토는 그보다 더 상위인 42레벨이었기 때문이다.

"크륵, 녀석들 강하다. 하륵 님께 지원 요청을!"

"어딜!"

리자드맨 한 마리가 뒤로 빠지는 모습에 아렌이 활시위를 당겼다. 금방이라도 시위를 놓기만 하면 뒤로 빠지는 리자드맨의 심장을 명중시킬 수 있었지만 라이스가 아렌을 막았다.

"기다리는 리자드맨 히어로를 부른다고 하는데 왜 죽이려 하는가? 저놈은 내버려두자고."

"으응? 뭐, 네 말이라면…… 알겠다."

라이스의 말에 아렌은 고개를 끄덕이고는 리자드맨을 놔주었다. 하지만 도망치지 않고, 달아나는 리자드맨을 엄호하던 6마리의 리자드맨들에게 활을 겨누었다.

"저 녀석들이라면 죽여도 되겠지?"

"마음대로."

라이스가 고개를 끄덕이자 아렌이 활시위를 놓으며 리자

드맨들을 꿰뚫었다.

"크르르륵!"

리베토와 아렌의 속사포 같은 공격에 나머지 리자드맨들이 비명을 지르며 땅에 몸을 뉘였다.

마법사인 하룬은 마나를 아끼기 위해서인지 라이스와 드란과 마찬가지로 구경을 하고 있는 상태였다.

"자, 이제 가 보자고."

"그, 그래."

드란이 떨리는 목소리로 말하며 회색빛으로 변해 사라져 가는 리자드맨들을 바라봤다.

'미안하다.'

드란이 다시 한 번 묵념했다. 그리고 죽어 있는 리자드맨을 보며 반드시 복수를 하겠다고 몇 번이고 다짐하고 다짐했다.

"드디어 왔다."

라이스가 처음으로 웃으며 말했다.

그런 라이스의 말에 반응이라도 하듯 엄청난 충격과 함께 땅을 울렸다.

"나의 동지를 죽인 인간 놈들! 죽음을 각오하는 것이 좋을 것이다!"

"나의 동지를 죽인 인간 놈들! 죽음을 각오하는 것이 좋을 것이다!"

하륵이 눈을 붉게 물들인 채 등장했다. 당연하게도 동족인 리자드맨들의 죽음을 봤으니 분노하는 것이 당연하다.

하지만 그런 하륵의 분노를 리베토는 깡그리 무시했다.

"드디어 납신 건가 영웅 몬스터! 보스 몬스터보다도 월등한 능력치의 몬스터, 과연 그 경험치가 어떨지 궁금하군. 그리고 무엇보다도 나의 복수를 이룰 수가 있……."

푸욱!

듣기 싫은 파육음이 들림과 함께 말하던 리베토의 가슴팍에 거대한 장검이 꽂혀 있었다.

리베토가 얼굴이 새파랗게 질린 채 뒤를 돌아보자 라이스가 교묘한 미소를 짓고 있었다.

"커억! 무, 무슨 짓이……."

"시끄러워 죽겠군. 너희는 이제 필요 없다. 잘 가라."

푸화아악—!

이윽고 라이스가 검을 횡으로 그어 버리자 리베토의 몸이 반으로 조각이 나 버렸다.

"네, 네놈 무슨 짓을!"

리더이자 자신들의 친구였던 리베토가 라이스에게 죽음을 당하자 아렌과 하룬이 당황하며 공격 준비를 하려 했지만 라이스가 더욱 빨랐다.

애초에 궁수와 마법사 유저들은 근접전에는 무척이나 취

약하다.

스아악— 푸욱!

"쿨럭!"

"커억……."

라이스의 공격에 아렌과 하룬도 목숨을 잃었다.

동료였던 자들을 가볍게 죽여 넘긴 라이스는 칼에 묻은 피를 바닥에 흩뿌리며 레스의 모습을 하고 있는 드란을 쳐다봤다.

"이젠, 네놈 차례다."

말과 함께 돌격해 오는 라이스의 모습에 드란이 황급히 앞발을 모았다.

어차피 이제는 정체를 숨길 이유가 없다. 애당초 저 녀석은 지금 자신을 죽이려고 하니 말이다.

"바람의 술!"

푸화아악—!

"으읍…… 이런……."

쾅—!

상급으로 오른 바람의 술의 위력은 가히 엄청나다. 세 명의 40레벨대 유저들을 가볍게 처리한 라이스조차도, 이 바람의 술의 위력에 안 날아가기 위해 검을 땅에 박은 채 버티고 있다.

그리고 무엇보다도 이해가 되지 않는 것은 갑작스럽게 속이 뒤집어진다는 거다.

"우웩—!"

똥을 얼굴에 박은 듯한 구역질에 라이스가 헛구역질을 하며 고통스러워했다.

바로 마법 공격 시 40% 확률로 구역질 유발 효과를 가지고 있는 레드 자이언트 웜의 눈이 가진 효과 덕이다.

"으으…… 네놈은 대체 뭐냐! 어떻게 로그 유저가 마법을 사용할 수 있는 것이지? 그리고 이 냄새는 대체…….."

라이스는 진심으로 리펙터 월드의 게임에 왜 입 냄새 기능을 넣었냐고 따지고 싶은 심정이 들었다.

원래 실질적으로는 아이템의 효과 덕이었지만 말이다.

한편, 무엇보다도 이해가 되지 않는 이는 바로 하륵이다.

"크륵, 이게 대체 어떻게 된 것이지?"

기세 좋게 등장을 했건만, 막상 자신이 한 일은 아무것도 없다. 그저 인간들끼리 치고받고 싸우더니 그대로 죽어 버렸으니 말이다.

그런 하륵의 눈에 전투를 치르는 드란의 모습이 보였다.

"저 기술은…… 우리 드륵 님의 것인데…… 어! 저, 저것은! 우리들의 증표!"

하륵은 드란의 위에 떠오른 리자드맨들과의 친구의 뜻을 상징하는 증표를 보고는 이제야 깨우쳤다.

"역시! 드륵 님은 우리를 구하러 오셨어! 그렇다면 적은 네놈이다! 블레이드 퍼니쉬!"

멀뚱멀뚱하던 하륵은 이제야 드란의 정체를 알아차리고는

자신의 칼을 빼 들어 라이스에게 휘둘렀다.

"이런, 젠장!"

아직도 가시지 않은 냄새 때문에 라이스는 고통스러워하면서도 죽지 않기 위해 몸을 있는 힘껏 비틀었지만, 하륵의 칼은 거대한 양손검이다. 어느 정도는 피할 수는 있겠지만 전부는 아니다.

스아악—

"크아악!"

몸을 비틀어 피했지만 그 대가로 오른팔이 잘려 나갔다.

왼손만 남은 라이스는 냄새의 고통과 하륵의 칼 공격에 의한 부상으로 미칠 정도로 괴로웠다. 라이스는 게임의 컨트롤을 위해서 싱크로율을 70%에 맞춘 괴물 중에 괴물이기에 그 고통은 더욱 심하리라.

"지금이다! 내려쳐라! 번개의 술!"

콰쾅—!

"끄아아악!"

번개를 제대로 맞은 라이스의 몸이 미친 듯이 떨기 시작했다. 번개의 술의 효과 중 하나인 마비 효과가 발동된 것이다.

드란은 공격을 멈추고 하륵에게 손짓을 했다. 리자드맨들을 많이 죽인 자들에게 복수를 하라는 것이다.

꾸벅—

리자드맨 히어로라는 명성이 있는 하륵이라지만, 리자드

맨 샤먼은 자신보다도 우월한 존재. 그렇기에 하륵은 드란에게 고개를 꾸벅인 다음, 라이스의 목을 향해 검을 휘둘렀다.

휘잉—

양손검에 의해 라이스의 목이 날아갔고, 이내 회색빛으로 물들었다.

그 모습에 드란의 행동이 황급해졌다.

"으아아! 나의 간들이!"

막상 죽이라고 할 때는 당당했지만 간을 찾는 모습은 추했다.

드란은 황급히 라이스의 간을 빼낸 다음, 점점 빛을 흩뿌리며 사라지고 있는 리베토와 아렌, 그리고 하룬의 시체에도 손을 찔러 넣어 간을 빼서는 재빠르게 인벤토리에 집어넣었다.

"큰일 날 뻔했네."

유저들의 간의 가치는 특이 몬스터나 보스 몬스터에 맞먹는다. 그러니 생간을 씹는 고통을 아는 드란으로서는 영력의 증가가 대폭으로 일어나는 유저들의 간을 놓칠 수 없는 것이다.

한편 그 순간 눈물을 짜내고 있는 이가 있었으니 바로 리자드맨 히어로 하륵이다.

"돌아오셨군요!"

하륵은 눈물을 바가지로 흘리더니 이내 레스의 모습을 하고 있는 드란을 꽉 껴안았다.

"읍읍!"

참고로 리자드맨들의 키는 보통 인간보다는 큰 편이다. 더구나 하륵은 리자드맨 히어로, 그 키가 범상치 않다.

그렇기에 하륵으로서는 감동에 격해 끌어안는 것이지만 드란으로서는 말 그대로 온몸 헤드락이다.

"쿨럭!"

▼

"리자드맨 샤먼! 드륵 님이시다!"

"크륵크륵크륵!"

리자드맨 샤먼이 되어 버린 드란이 마을을 구하자 리자드맨 마을에서는 오랜만에 축제가 벌어졌다.

리자드맨들도 하나의 인격체다. 그들도 술을 즐기고 고기를 즐긴다.

"크아! 고블린 고기의 맛이 죽여주는군."

문제라면 고블린이나 오크들이 생으로 쪄서 나온다는 점이다.

"크륵크륵! 어! 드륵 님도 한 번 뜯으시지요?"

리자드맨 한 마리가 잔뜩 술에 취한 채 고개를 이리저리 돌리다가 드란에게 오크 통 다리를 건네었다.

물론 드란은 가볍게 거절을 하려고 손을 들어 올리려 했으나 옆에는 하륵이 있었다.

"크륵, 드륵 님. 아— 하시지요."

쩌억—

"어억!"

하륵의 손아귀의 힘 때문에 드란의 입이 자동으로 벌려졌고, 그 안으로 오크 통 다리 고기가 들어갔다.

오크 통 다리 고기를 씹는 드란의 얼굴에서 의외라는 듯한 표정이 나타났다.

"이건, 말 그대로 삼겹살 맛이잖아?"

돼지머리인 오크답게 맛도 돼지다. 그것을 알아차린 드란에게서 의외의 식탐이 보였다.

"크륵크륵! 리자드맨 샤먼님, 이것도 한 번 뜯어 보십쇼!"

"크륵! 이 녀석! 리자드맨 샤먼님한테는 나의 고블린 머리 고기가 먼저다!"

"저리 꺼져! 나는 오크 팔 고기가 있다고!"

"⋯⋯."

왠지 모르게 리자드맨들이 무서워지는 드란이었다.

◆

"드륵 님, 이번에도 이렇게 빨리 떠나시는 것입니까?"

"하하, 미안해 하륵. 하지만 맹세할게. 마을이 위기에 빠진다면 언제든지 이곳으로 오겠다고 말이야."

"드륵 님…… 좋습니다. 이번에 드륵 님의 도움이 없었다면 우리는 그 녀석에게 처참히 당했을 것입니다. 그럼 안녕히 잘 가십시오. 모두 드륵 님을 배웅한다!"

"크륵크륵크륵!"

"크륵! 잘 가십시오!"

위기에 빠진 리자드맨의 마을을 구한 드란은 가벼운 마음으로 발걸음을 옮겼다.

제10장
묘족 레야

"좋았어. 어디 한 번 펼쳐 볼까! 영계의 이여! 나의 부름에 나타나라! 영계 소환의 술!"

퍼엉―!

무엇인가가 터지는 소리와 함께 초록빛의 불덩어리가 나타났다. 바로 우포가 소환했었던 도깨비불이다. 현재 드란의 레벨상 소환할 수 있는 영계의 정신체는 도깨비불뿐이다. 그리고 도깨비불은 꼬리의 개수에 따라 소환하는 양이 가능하기에 드란은 현재 3개의 도깨비불을 소환할 수 있다.

소환된 3개의 도깨비불이 두둥실 뜬 상태로 드란의 몸을 이리저리 돌아다녔다.

[안녕! 네가 우리를 소환했니?]

"응? 말도 할 줄 알아?"

[당연하지. 우리도 생명체라고. 그래, 무슨 일을 하면 돼?]

"그냥 불러 본 거야. 앞으로 잘 지내보자는 정도로 말이야. 아하하."

드란이 웃음을 짓자 3개의 꼬리와 여우귀가 살랑살랑 움직였다.

[흐흥, 하긴 뭐…… 우리들이 무슨 일이 있을 때만 불리는 것은 아니니까 말이야. 그럼 앞으로 잘 부탁한다. 우리의 주인인 삼미호, 드란.]

"나도 잘 부탁해."

▽

리자드맨 마을을 돕느냐고 제일 먼저 인간의 마을에 들리면 배부르게 맛있는 것을 먹는다는 장과의 약속을 지키지 못했다. 그럼으로 드란은 다시금 인간의 마을로 돌아가서는 식당에 들렸다.

물론 모습은 레스로 둔갑을 한 상태이다.

"어서 오세요! 손님, 무엇으로 주문하시겠습니까?"

"아무거나."

"……."

드란의 대답에 주문을 받으러온 NPC의 얼굴이 굳어졌다. 주문을 할 것이면 정확하게 무엇인지를 말하던가. 아무거나가 무엇인가.

하지만 NPC의 특징상 유저에게는 웬만해서는 화를 잘
내지 않는다.

"손님, 아무거나라고 하시면 뭘 어떻게 할 수 없는데요.
정확하게 지칭을 해 주셔야……."

"아. 무. 거. 나! 말 그대로 아무거나 가져다주세요! 빨
리! 지금 당장!"

한동안 생간과 오크, 그리고 고블린 통 구이들만 먹던 드
란이다. 그러니 지금은 아무거나 들어가도 진수성찬이다.
더구나 현재 드란에게는 돈이 많다. 음식 값이라고 해 봐야,
뭐 얼마나 비싸겠는가?

"그럼 잠시 기다리십시오, 손님."

주문을 받은 NPC가 들어가자 주방에서는 연신 음식을
만들기 시작했고, 약 5분의 시간이 흐르고 난 다음에야 음
식이 속속들이 나왔다.

"먹을 거다! 제대로 된 먹을 거!"

드란의 눈이 충혈되더니 걸신들린 듯 먹어치우기 시작했다.

5개의 세트 음식이 들어왔지만 한순간에 드란의 뱃속으
로 들어갔다.

"꺼억—"

게임 접속 후 처음으로 제대로 된 음식을 먹은 드란은 행
복에 겨운 표정을 짓다가 계산을 하기 위해 카운터로 갔다.

"얼마예요?"

"어디 보자. 총 6골드 50실버입니다."

"……."

6골드 50실버면 현 돈으로 6만 5천 원이다.

'내가 한순간에 현 돈 6만 5천 원을 날려먹은 거야?'

비록 전재산이 90골드대라지만 아까운 건 아까운 거다. 드란의 손이 수전증에 걸린 듯 부들부들 떨며 6골드 50실버를 건네었다.

'저게 어떤 돈인데!'

사냥을 무진장 해야 벌 수 있는 돈이 바로 6골드 50실버다. 하지만 드란은 그 돈을 한 방에 날려먹었다.

드란이 NPC에게 돈을 건넨 후 손을 불끈 쥐었다.

'반드시 복구하리라!'

▼

"혼약 팝니다! 혼약 팔아요!"

"저건 뭐야?"

"혼약? 뭐지? 포션인가?"

혼약이라는 생소한 단어를 들은 유저들이 발걸음을 멈추며 한 유저를 쳐다봤다. 평범한 가죽옷을 입은 로그 유저, 바로 레스의 모습으로 둔갑을 한 드란이었다.

드란은 한순간 잃은 6골드 50실버가 계속해서 생각나자 혼약을 팔아 돈을 벌기로 마음먹은 것이다.

하지만 생소한 단어인 혼약이라는 말에 많은 이들은 지켜 보기만 할 뿐, 선뜻 나서지는 않았다.

하지만 어디에나 나서기를 좋아하는 사람이 있기 마련이다.

짧은 흑발의 머리를 한 남성인 전사 유저가 드란에게 다 가오며 물어왔다.

"저기요. 그 혼약이라는 거 볼 수 있을까요?"

"당연하죠. 여기 있습니다."

드란은 전사 유저에게 맞는 힘을 올려 주는 오크의 혼약 을 건네었다.

"이, 이건!"

오크의 혼약의 효과를 확인한 전사 유저의 눈이 휘둥그레 졌다.

참고로 오크의 혼약의 효과는 이러하다.

오크의 혼약(하급 혼약)

만복도를 30% 채워 주고 30초에 걸쳐 300의 생명력을 회 복합니다.

30%의 확률로 20분간 힘 +20, 민첩 ―5

전사 유저에게도 민첩이 필요하긴 하나, 무엇보다도 힘이 우선이다. 비록 민첩에 5라는 패널티가 있지만, 힘이 20이 나 증가한다는 것은 그런 패널티를 무색해질 정도로 엄청난 것이다.

거기에다가 또 혼약은 만복도를 30% 증가시켜 줌은 물론, 체력도 300이나 회복된다. 그런데 그런 아이템이 하급이라고 한다.

즉, 이 말은 후에 가서 중급이나 상급까지도 가능하다는 말씀.

"저, 혹시 지속적인 거래가 가능하겠습니까? 아니, 아예 저희 길드에 가입해 보시는 것은 어떠신지요?!"

"예, 예?"

전사 유저의 말에 드란이 주춤했다.

자신은 삼미호, 구미호의 일족이다. 인간과는 '함께'가 될 수 없는 존재.

드란이 고개를 저었다.

"죄송하지만 전 자유인 편이 더 좋습니다. 그래서 얼마나 구입하시겠습니까?"

"전부 구매하겠습니다. 가격은 어떻게 되시지요?"

"흐음……."

막상 전부 구매하겠다는 전사 유저의 말에 드란은 고민에 빠졌다. 사실 포션을 마셔 보고, 그 가격을 알아야 가격을 정하든지 말든지 하는데 말이다.

드란은 어차피 6골드 50실버만 복구하면 되기에 혼약을 한 개당 30실버 정도에 팔기로 마음먹었다. 사실 간이야 몬스터를 사냥하면 언제든지 구할 수 있고, 혼약을 제조하는 데에도 요력이 30만 있으면 충분하다.

현재 드란이 가지고 있는 혼약은 42개. 개당 30실버에 처분한다고 했을 때, 가격을 생각해 보면 총 12골드 60실버이다. 6골드 50실버는 충분히 메우고도 폭 넓게 남을 금액.

한편 전사 유저는 드란이 자꾸 흐음거리고는 가격을 대답하지 않자 머리가 빠질 지경이다.

'혹시 안 파는 건 아닐까?'

그래선 절대 안 된다. 이런 아이템이 생겨난다면 한순간 폭렙이 가능하다. 생각해 보아라, 어떤 포션에 능력치 증가 효과가 붙겠는가? 물론 연금술사가 상급의 해당하는 포션을 제작할 시 옵션이 붙기는 하겠지만, 그 가격과 가치는 엄청날 것이 분명하다.

드란이 막 30실버를 외치려고 입을 열려던 중, 전사 유저가 잽싸게 먼저 말했다.

"혹시 개당 1골드에 매입이 가능하겠습니까?"

"1, 1골드요?"

리펙터 월드에서의 1골드는 현실의 돈으로는 1만 원인 셈, 즉 개당 현 돈 1만 원 이라는 뜻이다.

뜻밖의 수확에 드란은 아무 말 없이 전사 유저에게 모든 혼약을 건네고, 42골드를 건네받았다.

한순간에 42만 원이라는 돈을 벌어들인 드란의 눈이 즐겁다.

그리고 전사 유저도 42개에 가까운 혼약을 구입해 내서 인지 기분이 좋았다. 비록 42골드를 소비했다지만 말이다.

하지만 그는 몰랐다. 혼약은 사실 몬스터의 생간으로 만들어졌다는 것을 말이다.

▾

리베토 일행의 공격을 끝으로 리자드맨 마을은 몇 번의 인간 유저들의 공격을 더 받았다. 하지만 그들의 사기는 전과는 다르다.

그들은 리자드맨 샤먼인 드륵이 언제든지 자신들이 위험에 빠지면 온다고 믿는다. 그리고 그것을 드란은 지켰고, 그렇기에 이제 리자드맨들과 리자드맨 히어로 하륵은 인간 유저들이 두렵지 않다.

마음을 다르게 먹자 그들의 정신적인 생각의 상승으로 레벨도 상승했다.

그것을 모르는 유저들은 리자드맨 마을로 계속해서 침입해 들어갔고, 끝내는 눈물을 흘리며 후퇴하거나 죽음을 맞이할 수밖에 없었다.

그리고 지금 또 하나의 피해자가 나오려 했다.

"헉! 헉! 리베토, 이 녀석은 어디 간 거야. 그리고 아렌이랑 하룬도 너무한 거 아니야?! 내가 아무리 늦었다고는 하지만 나를 두고 가다니 말이야."

로그 유저인 레스는 리자드맨 마을의 앞까지 도착한 후에야 한숨을 내쉬며 툴툴댔다.

사실 레스가 늦은 이유는 간단하게도 자신에게 맞는 아이템을 구하느냐고였다.

차르릉—

레스는 새로 산 일격의 단검 두 자루를 보며 생글생글 미소 지었다.

일격의 단검은 로그 유저들이 장착하는 단검들 중에서도 제법 상위에 속하며, 그 희귀성이 각별한 편이다. 그런데 이것을 두 자루나 구했다는 것은 레스가 얼마나 공을 들였다는 것인지를 알 수 있었다.

붕붕—

"덤벼라, 덤벼! 망할 리자드맨들아!"

한껏 흥이 오른 레스는 단검을 손에 끼고 빙빙 돌리며 리자드맨들을 찾았으나, 아무런 리자드맨도 레스의 앞에 나타나지 않았다.

아니 딱 하나의 리자드맨이 등장해 주었다.

키는 월등히 크며, 거대한 양손검을 사용하는 리자드맨, 바로 리자드맨 히어로 하륵이었다.

"크륵, 네놈이 어떻게 우리 드륵 님의 모습을 하고 있는 것이지?"

"뭔 소리냐?"

하륵은 전에 찾아온 드륵의 모습을 확실하게 기억하고 있다. 비록 무기가 변했다는 것과 증표가 없다는 점이 마음에 걸렸지만 드륵의 모습은 틀림없었다.

"어떻게 우리 지혜로우신 드륵 님의 모습을 하고 있느냐고 물었다."

"이 미친 도마뱀이 뭐라는 거야? 어? 그러고 보니 너! 리자드맨 히어로구나! 이렇게 된 거, 잘되었군! 나의 일격의 단검을 받아라! 백어택!"

"역시 가짜로구나! 받아라! 블레이드 퍼니쉬!"

레스의 단검과 하륵의 양손검이 맞부딪쳤고, 레스의 목이 날아올랐다.

"젠장, 뭐 이리 강한 거야……."

▼

"우적우적…… 꿀꺽."

42골드를 벌어들인 드란은 다시금 식당에 들어가서는 미친 듯이 음식을 퍼먹어 대고 있었다.

"세상에나……."

"저거 사람 맞아?"

사람 아니다. 여우다. 그것도 꼬리 3개의 삼미호.

드란의 배는 이미 빵빵해졌고, 만복도는 100%를 계속해서 유지하고 있었다. 아마 조금만 더 먹었다가는 배가 터져 죽는 아이러니함이 펼쳐질 수도 있는 상황.

계속해서 음식을 퍼먹던 드란은 '꺼억—' 거리며 배를 통통 두드리며 행복에 겨운 표정을 지었다.

"이곳은 천국이야."

드란은 세상을 다 가진 표정을 지으며 배를 계속해서 두드리고 자리를 뜰 생각을 하지 않았다.

"이곳의 음식이 그렇게 맛있었나? 냠냠…… 뭐야? 보통 맛인데…… 쟤는 왜 저래?"

"그러게…… 마치 못 먹을 거 먹다가 맛난 거 먹는다는 표정이네."

유저들이 드란을 보고는 소곤거렸다.

유저들의 소곤거리는 모습을 본 드란은 그들에게 진심으로 말하고 싶었다.

'게임 시작 한 후부터 계속 생간만 먹어 보세요. 당신이 그 맛을 알아? 차라리 똥을 퍼먹는 게 낫지.'

덜컹—

"어? 우와, 연예인인가?"

"진짜 예쁘다!"

머릿속의 말을 되새기며 배를 두드리던 드란은 유저들의 말에 간신히 무거운 몸을 움직여서 뒤를 돌아봤다.

'예쁘긴 예쁘네.'

유저들의 말대로 방금 들어온 유저는 여성 유저로 머리는 짧은 흑빛 머리에 허리는 완전 개미허리였다. 또 그뿐인가? 여자의 눈빛에는 새침함이 어우러져 하나의 우아하면서도 도도함이 느껴졌다.

드란은 이제 다 봤으니 고개를 돌리려고 했으나, 차마 고개를 돌리지 못했다. 왜냐하면 방금 바라 본 여성 유저가 바로 자신에게 다가온 다는 점이다.

'뭐, 뭐지. 바라보는 내 눈빛이 마음에 안 들었었나?'

드란이 어벙거리며 이것저것 생각을 하던 중, 여성 유저가 드란에게 물어왔다.

"합석해도 되겠습니까?"

"네, 뭐 좋으실 대로."

참고로 식당에 자리는 넘치고도 넘쳤었다. 그런데 여성 유저가 드란에게 합석을 제안한 것은 다른 이유가 있어서일 것이다.

아니나 다를까, 여성 유저는 드란을 새침하게 쳐다보다가 자그맣게 말했다.

"당신. 인간이 아니군요?"

"……."

갑작스럽게 물어오는 말에 드란은 잠시 당황한 표정을 짓다가 이내 표정을 풀며 대답했다.

"그게 무슨 말이시죠? 전 보시다시피 인간입니다."

"아니에요. 당신은 인간이 아니에요."

"그걸 어떻게 증명할 수 있고, 또 그것을 어떻게 안다는 거죠?"

"호호. 왜냐하면……."

여성 유저는 말을 끊더니 드란에게 얼굴을 가까이 대서는 살며시 귓가를 간질이듯 말했다.

"저도 인간이 아니거든요."

"······그럼 대체 뭐죠?"

드란의 표정에는 긴장한 기색이 느껴졌다. 앞의 여성 유저도 인간이 아니다. 그렇다면?

'분명히 랜덤 종족으로 선택해서 히든 종족이 걸렸다는 것이지.'

우선은 여성 유저의 종족을 알아봐야 했다. 둔갑의 술은 땅굴 기지의 닥토가 웬만해서는 쉽게 알아낼 수 없는 고도의 기술이라고 했다. 하지만 저 여성 유저는 그것을 가볍게 간파해 냈다. 결코 얕볼 수 없다는 소리이다.

'만약 저 여자가 나의 종족을 여기서 밝힌다면.'

그대로 무엇이겠는가? 참고로 이곳은 인간의 마을이다. 아무리 민첩성이 높은 드란이라지만 이곳에는 자신보다도 고렙인 유저도 많고, 또 좋은 장비를 갖춰 입은 유저도 적지 않다. 즉, 걸린다면 그대로 죽음을 맞이할 수밖에 없다는 소리.

드란의 눈이 째릿하게 변함과 동시에 여성 유저의 입술만 바라보았다.

"어머, 입술은 그만 보시고. 일단 밥 좀 먹죠. 물론 당신이 내주시는 거겠죠?"

"좋으실 대로."

▼▼

여성 유저가 밥을 다 먹고 나자 드란은 재빠르게 계산을 한 다음 여성 유저를 이끌고 마을 밖으로 나왔다.

"자, 어서 말해 보시지. 당신의 종족과 이름을 말이야."

"호호, 이름은 위에 떠 있잖아요. 레이시아라고 말이에요."

"웃기지 말라고. 가명 말고 진짜를 말해 달라는 거야."

드란은 둔갑의 술 같은 몸을 변신시키는 마법을 쓸 경우, 가명을 정할 수 있다는 것을 안다. 여성 유저도 인간이 아니라고 했으니 십중팔구는 가명일 것이 분명하다.

"역시 구미호의 일족인 건가요? 제법이시네요. 그럼 소개하죠. 저의 이름은 레야. 종족은 묘족입니다."

"묘족?"

묘족이라면 고양이 인간을 말하는 것인 건가?

하지만 그 전에 드란은 궁금한 것이 있었다.

"대체 어떻게 제가 구미호의 일족이라는 것을 알았나요?"

"호호, 간단해요. 당신, 이곳에 오기 전에 정신체를 소환했었죠?"

"정신체?"

"네, 영계의 정신체를 소환하셨었죠? 자고로 영계의 정신체를 소환해 낼 수 있는 종족은 오직 단 하나뿐이거든요."

묘족인 레야의 말을 듣자 하니, 드란은 어느 정도 이해가 갔다. 고양이는 보통 영혼 같은 것에 민감한 동물이라고 들었다. 어떤 고양이들은 영감을 가지고 있을 정도라고 하니 말이다.

"그러면 이제 어떻게 할 것인가요? 싸울 생각이신가요?"

말과 함께 드란은 허리춤에 찬 리자드 언월도를 만지작거렸다. 여차하면 뽑을 준비태세를 갖추는 것이다.

"오해하지 마세요. 저는 그저……."

"그저 무엇이죠?"

"함께할 사람이 필요했어요."

"……응?"

"함께할 사람이 필요했다고요."

반복된 레야의 말에 드란은 대충 이해가 되었다.

"혹시 파티를 하자는 건가요?"

"맞아요! 사실 몬스터 상태인 저를 받아 주는 곳은 얼마 없어요."

"아까처럼 인간의 모습으로 변신하면 되지 않나요?"

"아니요. 그건 당신의 종족인 구미호의 일족 같은 변신에 특화된 종족들뿐이에요. 저 같은 묘족들은 상대방의 약점을 간파하거나 빠른 속도가 특화된 종족이고 말이죠."

드란이 고개를 갸웃했다.

"그럼, 지금 하고 있는 인간의 모습은 무엇인가요?"

"간단해요. 잠시 힘을 감추어서 귀와 꼬리, 그리고 말하기는 뭐하지만 고양이의 수염을 잠시 없앤 거예요."

"아……."

레야의 계속된 설명에 드란은 대충 이해가 되었다. 즉,

묘족인 레야가 인간의 모습을 했다가는 묘족의 기술을 사용할 수 없게 된다는 소리이다. 인간도 아닌 묘족인 레야가 묘족의 기술을 사용할 수 없게 된다면 어찌 되겠는가? 당연히 아무런 필요가 없는 파티원이 될 뿐이다.

반대로 드란은 둔갑의 술을 사용한 상태에서도 구미호 일족의 힘을 사용할 수 있다.

그리고 드란 역시 둔갑의 술로 변화된 모습으로 동료들을 사귀기는 뭔가 찝찝했다. 사실 드란도 진정한 동료를 얻고 싶었다. 리베토 같은 동료들은 오직 자신의 겉모습만 보고 온 이들이다.

하지만 드란이 원하는 것은 내면을 보고 와 준 동료, 그러기 위해선 동료 역시 몬스터여야 한다.

드란의 시선이 레야에게로 향했다.

"좋아요. 함께 동료가 되지요."

"감사드려요! 이제 저도 진정한 동료가 생기는 거군요!"

레야는 기분이 좋은 듯, 여우 눈을 하며 웃었다.

▼

"우와, 이게 바로 구미호를 상징하는 꼬리로군요. 그런데 아직 3개인 것으로 보아서는 삼미호네요?"

레야는 드란이 삼미호란 것에 실망한 듯한 표정을 짓자 드란이 고개를 저었다.

"삼미호도 대단한 거예요. 적어도 생간 몇 천 개는 먹어야 할걸요? 그리고 사미호가 되려면, 무려 5천 개 가까이나 되는 생간을 먹어야 하니…… 으으, 생각만 해도 구역질이 치밀어 오른다니까요."

"저, 정말 생간을 5천 개나 먹어야 한다고요?"

불에 굽거나 하는 간이 아닌, 피가 덕지덕지 묻어 있을 생간을 5천 개나 먹어야 한다는 소리에 레야의 눈이 휘둥그레졌다.

묘족 중에서도 중위급에 속하는 레야는 흑묘였다. 듣기로는 묘족 중에서 최상위는 백묘라고 한다.

물론 레야 역시 성장을 위해서는 죽인 몬스터의 생기를 빨아야 한다고 했지만, 생기는 그저 숨만 받아 마시면 되니, 생간보다는 약과이다.

"그나저나 묘족들은 전부 그렇게 되는 건가요?"

"호호, 왜요? 반하기라도 하셨어요?"

"그, 그건 아니지만."

레야는 인간의 모습일 때도 그랬지만, 원래 모습은 묘족으로 변화되자 더욱 아름다워졌다.

제일 먼저 눈은 고양이 눈으로 변화되었고 고양이 귀와 꼬리, 그리고 수염이 나왔다.

하지만 무엇보다도 묘족인 레야를 아름답게 하는 것은 왠지 모르게 고양이에게서만 나오는 특유의 발랄함과 매력이었다.

괜히 레야를 보고 있자니 드란의 얼굴이 빨개졌다.

"호호, 귀여우셔. 그나저나 이제 어디로 갈까요? 이름 꽤나 있는 던전이나 사냥터에는 인간이 북적거리니 우리들은 들어가기도 힘들 텐데."

"흐음, 일단 정보부터 수집해 보죠."

"그럴까요? 그럼 잠시만 기다려 보세요. 정보 찾기에는 자신 있거든요. 던전으로 하나 알아보고 올까요?"

"네, 그러도록 하죠."

레야는 잠시 로그아웃을 했고, 약 10분 정도의 시간이 흐르자 빛과 함께 다시 나타났다.

"발견했어요. 이 주위에 있는 던전 중 인기 없는 던전은 고블린 부족 마을로, 보스로는 홉 고블린과 고블린 헌터들이 각각 10마리씩이고 말이에요. 딱 하나 특이점이 있다면 영웅 몬스터로 고블린 킹 돌고라는 녀석도 있지만, 녀석은 웬만해서는 잘 안 나타난다고 하더라고요."

'고블린 킹 돌고?'

기억난다. 리자드맨 마을에 쳐들어와서 리자드맨 히어로인 하륵을 죽음에 가까울 정도로 몰아붙인 몬스터가 바로 고블린 킹 돌고였다.

물론 드란을 리자드맨 샤먼으로 오해한 나머지 도망을 쳐버렸지만 말이다.

하지만 지금 생각해 봐도 돌고의 상황 판단에 따른 공격과 몸 그 자체가 무기로 가득한 돌고의 위력은 엄청났다. 만약 드란을 리자드맨 샤먼으로 오해하지만 않았다면 리자드맨 마을은 지금 존재하지 않을 수도 있었다.

"그런가요? 그런데 왜 고블린 부족 마을이 인기 없는 거예요? 보통 고블린들은 약한 몬스터라서 인기 있는 던전이 아닌가요?"

"그게 녀석들의 머리가 너무도 영악하다는 점과 특이 몬스터이면서도 보스 몬스터에 가까운 힘을 보여 주는 홉 고블린과 고블린 헌터들 때문일 거예요. 자고로 잡기가 힘들다면 인기는 없는 것이 보통이죠."

"그럼 저희한테 딱이군요!"

인간들이 던전에 많이 있다면 몬스터 상태의 유저인 드란과 레야에게 불리하다. 하지만 인기가 없는 던전이라면 다르다. 인간 유저들의 숫자가 적으니 되려 반대로 드란과 레야가 이길 수도 있다는 소리이다. 아니면 아예 없거나 말이다.

레야의 설명을 다들은 드란은 레야와 함께 고블린 부족 마을 던전으로 발걸음을 옮겼다.

역시나 인기가 없다는 것을 보여 주기라도 하듯 고블린 부족 마을의 입구 부분에는 단 한 명의 유저도 발견할 수 없었다.

"역시 사람이 단 한 명도 없네요. 자 그럼 들어가 볼까요? 드란 님?"

"좋아요. 레야 님."

드란은 고블린들과 전쟁을 치러 본 경험이 있다. 그렇기에 드란은 고블린들의 습성을 어느 정도 알고 있다.

녀석들은 자신보다 약한 몬스터에겐 강하고 강한 몬스터에게는 약해지는 습성을 가지고 있으며, 숫자가 많으면 오우거한테 달려들 정도로 기고만장한 성격을 가지고 있다.

아니나 다를까, 묘족인 레야와 함께 고블린 부족 마을로 들어서자 대략 6마리의 고블린들이 끼에엑거리는 듣기 싫은 고함을 내지르며 달려오는 모습이 보였다.

"지긋지긋한 녀석들."

드란은 말과 함께 인벤토리에서 고블린의 생간 하나를 꺼내 삼킨 다음, 빠르게 으적으적 씹어 댔다.

"바람의 술! 업그레이드!"

푸화아악—!

상급에 이른 폭풍과도 같은 바람의 술에 고블린들의 생간들이 덕지덕지 붙어 나갔다. 가속도가 붙어서인지 생간의 건더기들은 총알 같은 파괴력을 가지고 있다.

"끼에에엑—!"

바람의 술과 생간 건더기들을 피하지 못한 고블린 6마리 중 가장 앞의 2마리의 몸이 기관총에라도 맞은 듯 뻥뻥 뚫린 채 그대로 눈을 뒤집었다.

그 모습에 레야가 눈을 동그랗게 치떴다.

"대단하신데요? 그럼 이번에는 제 차례인가요? 간파!"

레야가 스킬 명을 외자, 동공이 수축되더니 한순간 앞으로 뛰쳐나갔다.

"캣 블레이드!"

스앙— 스앙—

묘족인 레야 역시 드란과 마찬가지로 속공 계열의 종족!

그렇기에 레야 역시 주로 크리티컬이 많이 뜨며, 가벼운 쌍검을 사용했다.

레야의 캣 블레이드에 명중된 1마리의 고블린의 목이 떨어져 나갔다.

"레야 님도 대단하신 걸요? 그럼 마무리는 제가 하겠습니다?"

드란이 말과 함께 앞발을 모아들었다.

이번에 사용할 술은 무척이나 특별하다.

"영계의 이여! 나의 부름에 나타나라! 영계 소환의 술!"

퍼엉—!

드란의 외침에 3개의 도깨비불이 등장했다.

[우리의 주인이여. 무엇을 원하는가?]

"고블린들을 해치워!"

[죽이는 것을 원하는가? 종속을 원하는가?]

"종속?"

[우리가 몸에 들어가서 잠시 조종하는 것을 말하지.]

도깨비불의 말에 드란이 어리둥절한 표정을 짓다가 대답했다.

"그럼 한 번 종속이라는 것을 해 줘."

[알았다.]

도깨비불 3개는 말과 함께 도망치는 3마리의 고블린들에게 돌진해 들어갔다.

"끼에엑! 살려 달라!"

도망치는 고블린들이 발광을 떨어 댔지만 도깨비불의 속도보다 빠를 수는 없었다.

푸차앙—!

도깨비불이 고블린에게 가까워지자 놀라운 일이 일어났다.

드란이 예상한 것은 도깨비불이 고블린의 배를 꿰뚫는 것이었지만, 도깨비불들은 고블린들이 마치 처음부터 자기의 몸이었다는 듯 그대로 스며들어 갔다.

"끼어억—!"

도깨비불이 몸에 들어간 3마리 고블린들은 각자 몸을 뒤틀며 눈을 까뒤집더니 약간의 시간이 흐르자 원래의 고블린 상태로 돌아왔다.

도깨비불이 각각 한 개씩 들어간 고블린 3마리는 드란에게 천천히 다가오더니 부복했다.

자세히 보니 고블린들의 눈은 하나같이 전부 돌아가 있었다.

[종속이 끝났다. 이제 이 녀석들은 우리의 통제를 받는다.]

"그럼 이 녀석들을 조종할 수 있다는 소리야?"

[당연하다.]

"세상에나! 몬스터를 조종할 수 있게 되다니!"

"응? 그게 무슨 소리예요. 드란 님?"

드란의 외침에 레야가 궁금한 듯, 다가와 드란에게 물었다.

드란은 레야에게 간단하게 설명을 끝냈고, 설명을 들은

레야도 신기하다는 듯 말했다.

"유식한 말로 말하면 빙의인 거잖아요? 우와, 정말 신기하네요?"

"그렇죠? 아, 맞다!"

도깨비불에 빙의된 고블린 3마리를 지켜보던 드란은 무엇인가가 생각난 듯 일어서더니 죽어 있는 고블린 7마리에게서 생간을 뽑아냈다.

"혼약 제조!"

생간을 들고 혼약 제조를 외치자 생간이 꿈틀거리더니 환단으로 변화되었다.

총 7개의 고블린 생간을 전부 혼약으로 바꿔 낸 드란은, 이내 완성된 혼약들을 레야에게 건네었다.

"이건 대체 뭐예요?"

"한 번 보시면 알 거예요."

"와아! 이거 대단한데요?"

"한 알 드셔 보세요."

드란의 말에 레야가 환단 하나를 집어서 그대로 입에 넣고는 씹어 먹었다.

"으음…… 맛은 그렇게 좋지 않지만 만복도와 생명력이 크게 올랐어요. 그리고 무엇보다도 30%의 확률이라지만 운 좋게 발동된 건지. 민첩이 20이나 증가했어요. 힘에 5라는 패널티가 생긴 게 마음에 걸리지만, 민첩의 20 증가는 정말 엄청난데요?"

혼약의 효과에 놀란 레야는 입에 침이 튀기도록 말하며 신기해했다.

그런 그녀에게 드란은 절대로 방금 죽인 고블린들의 생간으로 제조했다고는 말을 할 수 없었다.

"그런데 드란 님은 혼약 안 드세요?"

"하하, 전 이거면 돼요."

드란은 말과 함께 생간을 하나 꺼냈다. 죽어도 먹기 싫고, 차라리 혼약을 먹고 싶다 하지만, 구미호인 자신으로서는 정제된 혼약보다는 생간 그대로 먹는 것이 더 효과적일 뿐더러, 영력도 증가된다.

'계속 미루어 봤자야. 어차피 먹게 될일.'

드란은 눈물을 흘리며 생간을 삼켰다.

으적으적.

씹을 때마다 피가 한 뭉큼씩 짜 나왔지만, 이미 익숙한 일이기에 드란은 능숙하게 생간 3개를 연달아 해치웠다.

"어떤 면으로 집념이 대단하시네요."

드란의 모습에 레야가 신기한 듯 말했지만, 드란으로서는 죽을 맛이다.

비록 익숙해졌다고 하더라도 생간을 먹는 것은 여전히 고통스럽다.

"하하. 뭐, 그렇죠."

[주인, 앞에서 고블린 10여 마리가 달려오고 있다.]

"레야 님. 전투 준비하세요. 앞에 고블린이 오고 있다고 하더군요."

"알겠어요. 간파! 캣 블레이드!"

레야가 동공이 수축된 상태로 달려 나가서는 아까와 똑같은 방식으로 고블린들을 베어 나갔다.

그 모습에 드란이 피식 미소 지었다.

"나도 질 수는 없겠지?"

스릉―

진심으로 생겨난 몬스터 동료에 드란도 웃으며 쌍검을 들고 고블린들을 향해 달려 나갔다.

그 후로는 고블린들이 고통에 겨운 비명이 뒤따랐다.

"끼에에엑(인간 놈들이 쳐들어왔다! 죽이자!)"

"끼에에에엑―!(인간 죽인다!)"

고블린들이 50여 마리나 모여서는 고래고래 끼엑거려 댔다. 청각이 유난히 발달된 자가 들으면 고막이 터질 정도로 말이다.

이윽고 고블린 50마리가 자신들의 마을을 공격해 온 인간들을 공격하려 가려던 중, 3마리의 고블린이 길을 막았다.

[잠깐!]

"끼에엑?(왜 그러냐? 2소 부대?)"

[인간들은 저쪽이다.]

"끼에에엑(그런가? 고맙다!)"

[크큭.]

고블린들을 다른 방향으로 인도한 3마리의 고블린들이 웃음 지었다.

▾

"후후, 녀석들을 따돌리는 데 성공했어요."

"정말 대단한데요? 도깨비불로 종속한 몬스터들을 이렇게 활용할 줄이야!"

레야는 진심으로 드란의 잔머리에 감탄했다.

"뭐, 보통이죠. 그럼, 이제 가 볼까요?"

"네."

도깨비불에게 종속된 고블린들을 이용해서 50마리나 되는 고블린들을 따돌린 드란과 레야는 홉 고블린과 고블린 헌터들이 있는 보스존에 아주 가볍게 도착할 수가 있었다.

"끼에엑. 인간이다. 무슨 일로 이곳에 온 거지?"

"끼에에엑. 인간, 고블린 헌터의 명예를 걸고 네놈을 죽인다!"

"끼에에에에엑! 진정한 고블린 킹이신 돌고 님을 위해!"

홉 고블린과 고블린 헌터들이 말과 함께 드란과 레야를 향해 달려들었다.

"레야 님! 조심하세요!"

"드란 님도 조심하세요! 간파!"

"끼에에엑! 하찮은 인간! 죽어라!"

홉 고블린이 몸을 이리저리 빠르게 놀리더니 레야를 향해 몽둥이를 휘두르려 했다.

"캣 블레이드!"

"끼에에에엑—!"

홉 고블린의 몽둥이와 레야의 캣 블레이드가 맞부딪쳤다.

"끼에엑, 제법이군!"

"어디 이것도 버텨 보시지. 흑안!"

"끼……에에엑."

정면으로 레야와 맞부딪치고 있던 홉 고블린은 레야의 알 수 없는 스킬에 적중당하자 눈 색이 까맣게 변하더니 온몸에 힘이 풀린 듯 쓰러졌다.

"끼에엑. 받아라! 인간!"

투투투투투—

지난번 전투 때와 마찬가지로 고블린 헌터들은 입에 문 기다란 대롱 바람총으로 독침을 무자비한 속도로 쏴 댔다. 하지만 드란에게는 수십 발의 독침이나 화살이 날아와도 끄떡없다.

피식 미소 지은 드란이 앞발을 모아 들었다.

"바람의 술!"

푸화아아악—!

바람의 술로 인해 날아오던 독침들이 사방으로 흩어졌다.

독침들을 날려 보낸 드란은 다시 한 번 앞발을 모았다.

"고블린 놈들! 노릇노릇하게 구워 주지! 불의 술!"

화르르륵—!

"끼에에에엑—!"

드란의 불의 술로 인해 피하지 못한 2마리의 고블린 헌터들이 비명을 지르며 재로 화했다.

옆을 보니 레야 역시 홉 고블린을 2마리 해치운 모습이 보였다.

"후우, 역시 이곳이 인기 없는 던전이라는 이유를 알겠네요."

홉 고블린의 빠른 속도와 공격에 레야는 짜증을 부렸다. 차라리 고블린 50마리랑 한 번에 싸우는 게 나을 듯하다.

"끼에엑! 동지들의 복수! 받아라, 인간!"

투투투투투—

고블린 헌터들은 드란이 바람을 불어 독침을 날려 버리자 표적을 바꿔 레야에게 독침을 발사했다. 드란이 그 모습에 막 앞발을 모아 바람의 술을 시전하려던 중 레야가 고개를 저었다.

"이런 것쯤이야!"

수십, 수백 발에 이르는 독침을 레야는 몸을 적게 움직여서 모두 피해 냈다. 참으로 대단한 유연성이 아닐 수 없다.

"끼에엑! 괴물이다!"

아무리 강한 몬스터, 설사 고블린 킹인 돌고라고 해도 8마리의 고블린 헌터들이 발사하는 독침을 모두 피해 낼 수는 없다.

하지만 저 앞의 여자는 그 공격을 모두 피해 냈다.

고블린 헌터들은 자신들의 독침을 가볍게 피해 내는 여성의 모습에 기가 찬다는 듯한 표정을 짓더니, 이내 뒤돌아 달아나기 시작했다.

"야! 너희 어디가!"

"끼에엑! 오지 마라! 괴물!"

드란이 달려들자 홉 고블린 역시 달아나기 바빴다. 2:16인 상황임에도 불구하고. 고블린들은 이미 전의를 상실했다.

"끼에에엑— 저것들은 인간이 아니야!"

맞다. 구미호의 일족인 삼미호랑 묘족인 흑묘다.

▼

"끼에에엑—! 뭐냐! 너희들 어쩐 일로 이곳에 온 거냐?!"

"끼에에엑! 그, 그게 제2소 부대인 고블린 3마리가 이곳을 지칭을 하여서……."

"에잉! 멍청한 것들! 너희가 빠지면 그 뒤에 있는 홉 고블린 부대와 고블린 헌터 부대들은 어쩌란 말이냐? 아니, 이럴 때가 아니지. 내 직접 나서겠느니라!"

"끼에에엑—! 고블린 킹 돌고 님이 나가신다!"

"홉 고블린들과 고블린 헌터들아. 내가 갈 때까지 꼭 살아 있어라!"

⁂

"헉! 헉! 거참 녀석들 징하게 빠르네요."

"그러게요. 흑안을 쓰고 싶어도 뒤를 돌아봐야 쓸 수 있는데 말이죠."

"그런데 그 흑안 정말 대단하네요. 소형 몬스터들을 그대로 30초간 마비시키는 효과라니."

드란은 레야가 쓴 흑안이라는 스킬에 정말 놀랐었다.

흑안. 묘족의 전용 스킬로써, 진화가 될 때마다 이름이 달라진다고 알려졌다.

그 예로 묘족은 처음 시작 때는 황묘, 그리고 한 번 진화를 하면 금묘가 되고, 또 진화를 했을 경우에는 흑묘가 된다. 이후로도 청묘와 녹묘, 그리고 적묘를 거쳐서 마지막에는 묘족 최고의 상위권에 이르는 백묘가 될 수 있다.

지금 레야가 흑묘이니 스킬 이름도 흑안이 되는 것이다. 쉽게 말하자면 황묘일 때는 황안이고 금묘일 때는 금안이라는 소리이다.

물론 그 위력은 천차만별이겠지만 말이다.

바로 이 묘족의 전용 스킬은 대형이나 중형 몬스터에게는 그리 큰 효과가 없지만 소형 몬스터의 경우에는 다르다.

소형 몬스터가 눈을 마주칠 시 사용할 수 있는데, 효과는 바로 30초간 마비이다. 물론 멀리 떨어져 있을수록 위력은 줄어들지만, 가까이 있을 경우에는 어떨 경우에는 두려움으로 심장을 터트려 즉사시킬 수도 있는 스킬이다.

"녀석들! 이제 도망치는 것도 끝이다! 번개의 술!"

콰쾅―!

"끼에에엑―! 살려 달라!"

홉 고블린에게 번개의 술을 날린 드란. 홉 고블린은 자신이 표적이 되었음을 인지라도 했는지 미친 소마냥 달아나기 시작했다.

하지만 아무리 빨라도 빛보다는 빠를 수 없는 법.

이윽고 번개의 술이 홉 고블린의 뒤통수를 갈구려던 때에 무엇인가가 날아왔다.

두쾅―!

철 조각과 번개가 부딪치는 소리와 함께 번개의 술은 자기 일을 다했다는 듯 사라졌다.

그리고 번개의 술을 맞춘 철 조각은 마치 부메랑처럼 돌아가더니 이내 한 마리의 고블린이 입은 갑옷의 견갑 부분에 장착되었다.

"끼에에에엑―! 홉 고블린과 고블린 헌터들이여! 이제 나를 따르라! 이 고블린 킹 돌고가 납셨느니라!"

영웅 몬스터의 특징인 듯, 우레와 같은 소리가 울려 퍼지더니, 홉 고블린과 고블린 헌터들은 사기를 얻은 듯, 같이 끼에에엑거려 대며 사기를 돋우었다.

"어, 어떻게. 고블린 킹 돌고는 웬만해서는 잘 안 나오는 몬스터라는데."

레야는 등장한 영웅 몬스터 고블린 킹인 돌고의 모습에 말도 안 나온다는 듯 고양이 눈을 댕그랗게 치떴다.

사실 고블린 킹인 돌고가 등장한 이유는 아주 간단했다. 그 이유는 바로 도깨비불에 종속된 고블린들 때문이다. 그들이 고블린들을 따돌린 곳이 바로 고블린 킹 돌고가 있는 막사였던 것이었다.

동족들, 그것도 일반 고블린들이 아닌 홉 고블린과 고블린 헌터들이 위험에 빠진 것을 알게 된 돌고는 이렇게 몸소 나서게 된 것이다.

더구나 문제가 하나 더 있었으니.

"끼에에엑! 돌고 님을 따르자!"

그것은 바로 따돌렸던 고블린 50마리까지 함께 왔다는 점이다.

엎친 데 덮친 격인 말이 저절로 나올 일이 아닐 수 없다.

드란과 레야는 두 손에 잡은 언월도와 단검을 굳게 잡았다.

"끼에에엑? 그러고 보니 네놈들은 인간이 아니었구나? 정체를 밝히거라! 라이징 컷!"

돌고는 드란과 레야를 보며 정체를 알기라도 한 듯, 고개를 갸웃거리다가 이내 단검을 들고는 재빠르게 달려 나가서는 위로 치켜올려 공격하려 했다.

챙챙—!

그나마 민첩 말고도 힘 쪽으로도 발달된 드란이 돌고를 막아 냈다.

"레야 님! 님은 일반 고블린 녀석들 좀 맡아 주세요!"

"아, 네!"

돌고와 참 잘도 싸우는 드란의 모습에 레야는 괜찮다고 생각하고는 고블린들에게로 뛰어나가려 했다.

"끼에에엑! 절대 안 되지! 여자 괴물! 죽어라!"

"끼에에엑! 아까 받은 모욕감! 네년을 죽여 풀겠다!"

투투투투투투—!

일반 고블린들을 먼저 처리해야겠다고 마음먹은 레야를 막은 홉 고블린과 고블린 헌터들이 이리저리 레야를 괴롭혀 대기 시작했다.

푹!

"으윽!"

—고블린 헌터의 독침에 당하셨습니다. 지속 시간 1분의 독을 1초마다 생명력이 10씩 소모됩니다.

"이런!"

홉 고블린까지 가세해서 공격하는 바람에 고블린 헌터의 독침을 여유롭게 피하지 못했다.

"끼에에엑! 헉! 헉!"

고블린 헌터의 독을 피하지 못한 것은 홉 고블린 역시 마찬가지이다. 하지만 그 덕에 고블린 헌터의 독침을 레야에게 적중시킬 수 있었다.

'이런…… 지금 상황에는 포션도 마음 놓고 못 마시는데.'

레야의 눈이 걱정으로 물들었다. 지금처럼 상대방과 대치하는 상황에서 물약을 꺼내 마시는 것은 미친 유저나 바보 같은 유저나 할 짓이다.

그런 레야의 머릿속에서 아까 받은 환단 모양의 혼약이 생각났다.

'그거라면!'

혼약은 물약과는 다르게 환단 모양이기에 그저 입에 집어넣기만 하면 된다.

레야는 인벤토리가 아닌 호주머니에 넣어 두었던 혼약을 재빨리 꺼내서 입속에 넣어 꿀꺽 삼켰다.

운이 좋았는지, 고블린 혼약의 효과가 발동되어 힘이 5 깎여 나갔지만, 민첩이 20이나 증가했다. 완전한 민첩 계열인 묘족인 자신으로서는 제일 유리한 것이 증가하자 눈이 희번덕였다.

마침 운이 좋게도 홉 고블린과 고블린 헌터들은 긴장한 나머지 혼약을 삼키는 자신을 공격하지 못했고, 또 자신을 향해 눈을 치뜨고 있었다.

"이것을 보아라! 흑안!"

소형 몬스터에게는 절대적인 위력을 발휘하는 묘족의 전용 스킬인 흑안이 발동되자 홉 고블린과 고블린 헌터, 그리고 뒤쪽에 있던 일반 고블린들이 눈을 까뒤집으며 몸을 바들바들 떨기 시작했다.

자고로 마비된 몬스터는 밥이다.

스릉—

"죽어라! 녀석들!"

"흐업! 조심하세요! 레야 님!"

"……!"

마비된 고블린들을 처리하려는 레야를 향해 철 조각 하나가 날아왔다. 바로 돌고가 사용하는 갑옷의 견갑 부분에 칼날이 튀어나온 채 부메랑처럼 날아오는 것이다.

"끼에에엑! 녀석들은 내버려 둬라! 너희들의 상대는 오직 나 하나다!"

돌고가 외침과 함께 단검에 힘을 주어서는 드란을 날려 버렸다. 그리고는 재빨리 뒤를 돌아 레야를 향해 달려 나갔다.

"죽어라! 일루전 소드!"

스스스스슥—!

푸욱!

"레야 님!"

"커억—!"

돌고의 단검이 묘족인 레야의 배를 꿰뚫었다. 막대한 출혈에 걸린 레야가 쓰러지자 드란의 눈이 커졌다.

하지만 급소를 가격당한 것이 아닌 점과 혼약으로 인해 지속적으로 생명력이 회복되고 있었기에, 레야는 아직 살아 있었다.

"저는 괜찮아요! 드란 님! 돌고를 조심하세요!"

레야의 외침에 드란은 자신으로 돌격해 오는 돌고의 공격을 언월도로 막아 내며 앞발을 모았다.

"영계의 이여! 나의 부름에 나타나라! 영계 소환의 술!"

퍼엉—!

[명령은 무엇으로 할 텐가!]

[어서 싸우고 싶다고!]

"저기 있는 고블린 킹을 나와 함께 협공한다!"

[알았어!]

드란은 도깨비불을 3마리 소환해서는 돌고와 전투를 치르기 시작했다.

챙챙—! 탕탕탕!

"이 지긋지긋한 불덩어리들!"

도깨비불의 협공에 돌고가 화가난 듯 손을 휘둘렀다.

"피해!"

하지만 그때마다 드란의 외침에 도깨비불은 가볍게 피해 냈다.

그리고는 후퇴한 힘을 역으로 이용해서 한 바퀴 돌아서, 크리티컬을 내는 공격도 적지 않게 해 내었다.

"끼에엑! 위험하다!"

"이제야 그것을 알았냐? 이거나 먹어라! 번개의 술!"

콰쾅—!

쿨타임이 돌아온 번개의 술을 펼치자 운이 좋게 마비 효과가 발동되었는지 돌고가 몸을 바들바들 떨기 시작했다.

그야말로 기회라고밖에 할 수 없는 상황!

그런 것을 드란이 놓칠 리 만무했다. 하지만 그런 기회를 없애는 일이 발생했으니.

"끼에에엑! 여자 괴물을 죽이고, 돌고 님을 돕는다!"

레야의 흑안의 마비에 풀린 홉 고블린과 고블린 헌터, 그리고 일반 고블린들이 고래고래 소리를 지르며 드란을 향해 뛰어오고 있는 것이 아닌가?

"어딜! 흑안!"

부들부들.

드란을 공격하기 위해 뛰어나가는 녀석들에게 흑안을 사용하는 레야였다.

레야는 쓰러져 있는 상태에서도 드란을 돕기 위해 스킬을 사용하는 것이었다.

"드란 님! 녀석을 끝장내세요!"

"저에게 맡기세요!"

드란이 앞발을 모았다.

"정면으로 구워 주지! 받아라! 불의 술!"

화르르르륵—!

드란은 자신이 가진 요술 중 제일 강력한 파괴력을 지니는 불의 술을 바로 앞에서 펼쳤다. 그러자 지독하게도 진한 불꽃이 튀어나오며 마비되어 있는 돌고를 덮쳤다.

불의 술을 계속 사용하는 드란의 눈에 의아함이 깃들었다.

'왜 비명을 지르지 않는 거지?'

아무리 영웅 몬스터라고 해도 불을 온몸에 뒤집어쓰면 고통을 느끼고, 비명을 지른다.

하지만 정면으로 맞은 돌고가 비명을 지르지 않자 드란은 계속해서 불의 술을 펼침과 함께 바람의 술을 연달아 펼쳤다.

푸화아아악—!

사용되던 불의 술에 바람의 술이 겹쳐지자 불의 폭풍이 일며 돌고를 또 다시 덮쳤다. 하지만 여전히 비명은 없었다.

이윽고 불의 폭풍이 사라진 곳에는 돌고가 교묘한 미소를 지으며 서 있었다.

"크크크큭! 요수! 나를 미치게 하는 것은 네가 처음이다. 기념으로 너에게 이 기술을 선보여 주지. 보아라!"

돌고는 말과 함께 드란과 마찬가지로 손을 모아서는 알 수 없는 말을 지껄여 댔다.

"토룬지말콰르치…… 안데르 사이안!"

외침과 함께 돌고의 작은 몸이 울룩불룩해지더니, 이내 드란의 키를 훨씬 뛰어넘어서는 거대해졌다.

보통 고블린들의 키는 5살 어린아이와 마찬가지이다. 하지만 원래 고블린 킹인 돌고는 거의 10살에 가까운 어린아이의 키였었다.

지금 스킬을 사용한 후, 돌고의 키는 무려 3미터에 이르렀다.

"크크큭! 죽어라! 데몬 컷!"

돌고가 뛰어나가서는 그대로 드란을 향해 단검을 휘둘렀다.

드란은 어쩔 도리도 없이 재빨리 리자드 언월도로 반사적으로 막아 냈지만 그 힘이 엄청나며 그대로 튕겨 날아가 버렸다.

"위험해요!"

레야가 비명을 터트렸다. 고블린들의 마비가 풀릴 때마다 흑안을 사용해서 마비를 시키고 있는 상태이지만, 이대로 두었다가는 드란은 그대로 죽음을 맞이할 수밖에 없다.

"이런 젠장."

돌고의 공격에 날아간 드란은 고개를 흔들며 욕지거리를 내뱉었다.

그리고는 돌고를 째릿하게 쳐다보았다.

"거대해질 수 있는 게 너 하나일 줄 알아? 보여 주지, 나의 진정한 모습을."

드란이 지독하게 음산한 웃음을 지었다.

"이것이 진정한 삼미호의 모습이다. 현신!"

화아아아아아—

드란의 외침과 함께 온통 붉은 빛이 드란의 몸을 감싸들기 시작했다.

▼

―현신을 사용하셨습니다. 1분마다 10의 영력이 소모됩니다. 공격력 200% 증가, 민첩X2.

드란의 몸이 붉은빛 요기를 흩날리는 꼬리 3개 달린 요수, 삼미호로 현신했다.

"크와아앙―!"

드란이 포효와 함께 돌고에게 돌진했다.

"끼에엑! 역시 인간이 아니었군! 죽어라!"

돌고가 소리치며 손을 이리저리 휘둘렀다.

슈웅― 슈웅―

손을 휘두르자 돌고의 갑옷 부분이 조금씩 떼어지더니 칼날을 내뿜으며 드란을 향했다.

"이따위 조잡한 것!"

드란은 요술을 부릴 필요도 없다는 듯 거대한 손톱을 빼들어서 갑옷 철 조각들을 쳐 낸 다음, 돌진에 가속도를 붙였다.

"끼에엑! 아직 끝이 아니다!"

스릉―

"죽어라!"

돌고는 뒤에 매달고 있는 거대한 창을 꺼내서는 마치 무협의 고수가 창술을 다루듯 이리저리 휘두르며 드란의 접근을 저지했다.

하지만 드란이 누구인가? 민첩 하나는 끝내줄 뿐더러, 현신의 영향으로 민첩이 2배가 되었다.

그럼으로 현재 드란의 민첩 수치는 무려 300에 이른다.

푸푸푸푹!

"끼에에에엑—!"

드란의 손톱에 무자비로 구멍이 뚫린 돌고가 비명인지 괴성인지 알 수 없는 소리를 내지르며 뒤로 물러났다.

"이놈! 죽어라!"

투투투투투투투투투—!

돌고가 갑옷을 두드리자 그곳에서 바람총 2대가 나오며 미친 듯한 속사포로 발사되었다.

"바람의 술!"

푸화아아악—!

하지만 독침이라면 바람의 술을 가지고 있는 드란에게 무의미하다. 하지만 돌고가 노리는 것은 그것이 아니다.

타타탁!

"잡았다! 이놈!"

"……!"

돌고가 드란의 양손을 묶은 채 교묘한 미소를 지었다.

"크크크크! 받아라!"

돌고가 입을 벌렸다. 그리고 그곳에 있던 독침들이 드란을 향해 쏟아졌다.

투투퉁—!

"이, 이게 어떻게 된 것이지?"

돌고의 눈에서 의아함이 깃들어졌다.

자신의 입에서 나가는 독침 공격은 아무도 모르는 비장의 기술이다. 리자드맨 히어로인 하륵조차도 이것에는 당했으니 말이다.

"미안하지만 난 이미 그걸 알고 있거든."

돌고의 공격 패턴을 전부 아는 드란은, 말과 함께 돌고를 밀쳤다.

"이제 나의 승리다. 어스 퀘이크!"

쿠쿠쿠궁—!

드란이 말과 함께 땅을 손으로 후려치자 끼고 있던 대지의 목걸이에서 빛이 뿜어졌다. 그리고 이어지는 쩍쩍 갈려지는 땅.

"끼에에엑! 이럴 수가!"

어스 퀘이크로 인해 땅이 갈라졌고, 돌고는 그 구멍들 중 하나로 빠질 위험에 처했었지만, 운 좋게도 손으로 버티고 있었다.

그것을 본 드란은 현신을 해제한 다음 고개를 저었다.

"참 너도 징하다."

드란의 말에 돌고가 위를 쳐다보았다.

"끼에에엑! 사, 살려 달라!"

"내가 왜?"

애초에 고블린들은 자신의 친구인 하륵이 있는 리자드맨 마을을 공격해서 많은 리자드맨을 희생시킨 녀석들이다. 그것을 주도한 자가 돌고이니 드란이 봐줄 리가 없다.

드란이 음산한 웃음을 지었다.

"내가 왜 너를 살려 줘야 하지? 너는 나를 공격했고, 나의 동료인 레야를 공격했어. 또 그뿐만 아니라 나의 친구인 리자드맨 히어로 하륵을 공격했다. 너에게 용서란 없어."

"끼에에엑! 리자드맨 히어로 하륵? 네놈이 그자를 어떻게 아는 거지?"

"넌 알 필요 없어. 어차피 죽을 운명이니까."

드란은 말과 함께 돌고의 손을 발로 짓밟으려고 했지만, 돌고의 말에 잠시 멈추었다.

"끼에에엑! 나를 살려 주면 우리 마을의 보물을 주겠다!"

"보물?"

"그, 그렇다. 우리 부족 마을에서 가장 값비싼 물건이자 나 돌고도 가질 수 없는 아이템이다. 어떤가?"

돌고의 말에 드란은 약간의 흥미가 생겼다. 영웅 몬스터인 돌고조차도 가질 수 없는 아이템이라니.

어차피 돌고는 자신의 공격에 모든 생명력이 깎여 나갔으니, 딱히 위험도 없다.

위험하지도 않은 상황, 드란은 도박을 하기로 했다.

"그 말에 한 치의 거짓은 없겠지?"

"끼에엑! 나 고블린 킹 돌고. 영웅 몬스터의 이름을 걸고 거짓은 없다고 맹세한다."

"좋아. 내 손을 잡으라고."

"끼에에엑! 고맙다."

돌고를 끌어올린 드란은 고개를 돌려 레야를 일으켜 세웠다.

"감사드려요."

"몸은 괜찮으신 건가요?"

"좀 쉬니까 어느 정도는 회복되었어요."

드란에게 일으켜진 레야는 빙긋 웃음으로 화답하며 말했다. 지금 그녀의 속은 흥분으로 가득 차 있었다.

'그것이 바로 구미호의 일족이나 드래곤들만이 사용할 수 있다는 현신인 건가.'

레야의 눈에는 아직도 현신된 삼미호의 모습이 아른거렸다.

"끼에엑! 이봐, 어서 와라."

"응? 알았어. 저…… 레야 님, 죄송하지만 여기서 녀석들의 마비가 풀릴 때마다 흑안으로 마비시켜 주실 수 있을까요?"

"네, 저한테 맡기시고 다녀오세요."

"그럼 부탁드립니다."

드란은 말과 함께 레야를 그곳에 두고 돌고를 뒤따라갔다.

"크크큭!"

드란이 뒤따라오는 것을 느낀 돌고가 짙은 미소를 지으며 웃었다.

≪나인테일 2권에 계속≫